山白朝子

如果我的腦袋正常的話…

私の頭が正常であったなら

山白朝子

王華懋—譯

目錄

全世界最短的小說

1

我和內子住在中央線沿線的公寓，但前些日子，住處開始出現第三個人影。比方說我坐在沙發看書的時候，有人站在視野邊角。我以為是內子，不以為意，結果內子從洗手間那裡走了過來。那，我剛才看到的是誰？抬頭確認一看，那裡已經空無一人，但剛才明明有人的。

深夜醒來的時候，我為了不吵醒枕邊人，躡手躡腳地下床，走向廁所，走廊前方的暗處，卻好像站著一個人。我裝作沒看見，去廁所小解洗手，折返的途中，還是忍不住好奇再看了一眼，發現走廊深處有個比剛才更明顯的人影。儘管走過去看清楚廬山真面目就好了，我卻害怕起來，只敢衝回臥室，用被子蒙住頭瑟瑟發抖。

我是太累了嗎？或許是精神上出了毛病。是否有某些壓力，對我的精神造成了負擔？工作還算忙碌，但職場上的人際關係良好。夫妻關係也沒有問題。我們結婚三年，還沒有孩子，內子是個美女，來參加婚禮的朋友個個稱羨。說到內子讓我擔心的地方，就只有她的個性太酷吧。

「最近待在家裡，都會看到奇怪的東西。」

我坐在沙發，搓揉著眉心嘆氣說。我才剛下班回來。千冬在廚房吧檯裡準備晚飯，應道：

「嗯，我也看到了。從幾天前就看到一個男人。我在打掃的時候，他就站在角落。」

千冬將盛好料理的盤子端到餐桌。她從容不迫，一點害怕的樣子都沒有，讓我很驚訝。我還以為只有我一個人看見。

我們一邊吃晚飯，彼此分享資訊。她遇到和我類似的體驗。

「半夜我在走廊深處看見有人站在那裡，所以走過去看看。是個中年男子。我想要看得更清楚一點，再靠近幾步，他就消失了。」

千冬經常面露慵懶的神情，眼皮略微低垂，表情不變地說話。她不太會喜怒形於色，因此剛認識她的人，都會擔心她怎麼總是一副心事重重的樣子。但認識久了就知道，她神色憂愁的時候，就是肚子餓了。可是，「想要看得更清楚一點，再靠近幾步」？還是不要說出我遇到同樣的狀況，卻逃回臥室躲起來好了。

「我看到的跟妳看到的，是一樣的東西嗎？」

「應該是。」

「那是什麼呢？」

「不是鬼嗎？」

我忍不住當場跳起來。椅子倒下，發出刺耳的聲響。她停下用餐的手，抬頭看我。那眼神就像要把人吸進去。我稍微冷靜了一點，扶正椅子，繼續用餐。今天的晚餐是筑前煮[1]、味噌湯和生魚片。

「我還以為妳不信怪力亂神那些。妳是理組的吧？」

她是理工科系的大學畢業的，分數比我讀的大學還要高。原本她一畢業就進入大企業上班，但似乎對人際關係感到厭煩，趁著結婚辭職了——儘管她當時的薪水比我現在的薪水還要高。

「這跟是不是理組無關。因為既然都看見了，就無法否定。嗯，好吃。」

她吃著筑前煮的筍子[1]，點了點頭。鬼嗎？這下麻煩了。我交抱起雙臂咳聲嘆氣，她露出奇異的表情：

1　譯註：筑前煮是福岡縣的鄉土料理。一般是將雞肉、牛蒡、蓮藕、香菇等炒過後，以砂糖和醬油燉煮而成。

「怎麼了嗎？」

「問題大了啊！很可怕耶！鬧鬼耶！我第一次遇到這種事！」

「你冷靜點。這只是靈異現象而已。我也是第一次見鬼，可是必須接受現實……」

千冬說到一半，視線飄向我的身後，但立刻若無其事地別開目光，夾起筑前煮的料。我有了不好的預感，回頭確認她剛才瞄的方向。

男子站在房間角落。室內被螢光燈煌煌照亮，卻只有那一帶感覺異樣地昏暗。看上去輪廓模糊，彷彿風一吹便會四散。那傢伙鼻子貼著牆壁站立，所以看不到臉。背有點駝，穿著鼠灰色西裝，腳上蹬著皮鞋。頭髮有點稀疏。然後後腦的形狀很古怪，看起來軟綿綿地凹陷下去。

應該只有我和內子兩個人生活的住處裡，有陌生的第三者默默地佇立其中，這實在太詭異了。我嚇得雞皮疙瘩爬了滿身。還來不及尖叫，胃裡的東西便逆流而上。

千冬伸手疊在我的手上。她隔著餐桌，按住了我的手。她的手冰冰涼涼，似乎具有安神作用。我交互看著站在房間角落的男子背影和她的臉，又急又淺地呼吸了好幾次。心臟劇烈地跳動著。糗的是，淚水竟湧上眼眶，我拱起肩膀用襯衫抹去，這段期間，站在角落的那傢伙的背影消失了。

千冬放手站了起來，走向男子先前的位置，撫摸牆面，用拳頭敲了敲。還蹲下來檢查地板。

「沒有異狀。」

千冬說，望向我。

「我本來有點懷疑，是不是你想要嚇我，在牆上鑽洞，裝了投影裝置之類的。懷疑是整人企劃那些。可是，看來不是。」

後來我們夫妻仍然飽受靈異現象騷擾。不，千冬滿不在乎，因此苦惱的只有我一個人。比方說，早上醒來，不經意地往旁邊一看，男子就默默地站在床邊。陌生人。那張臉我完全不認識。我放聲尖叫，用被子蒙住頭躲起來發抖，不知不覺間那傢伙消失了。洗澡的時候也是，蒸氣另一頭會浮現那傢伙的輪廓。我一身光溜溜，那傢伙卻一如往常地西裝筆挺。

「我洗澡的時候他也會出來，就站在浴室角落。」千冬說。

「什麼？王八蛋，那是偷窺吧！」

千冬說她在洗身體、泡澡的時候，男子也一直直挺挺地站著不動，太恐怖了。可是鬼都站在旁邊了，千冬怎麼能滿不在乎地繼續洗澡？

「我有用蓮蓬頭的水沖他。」

「沖他?!那樣不會危險嗎?!」

萬一作弄他，他有可能發動攻擊不是嗎？

「不是會很好奇嗎？水淋到鬼的身體，會是什麼反應。像是會不會在身體表面反彈，滲進衣服裡面。直接說結論，水穿過他的身體，打在磁磚上。對了，手錶的玻璃也是透明的。」

「手錶？」

「他不是有戴錶嗎？」

我根本沒心思去注意到這些。據千冬觀察，那傢伙的左腕戴著一只銀色腕錶，玻璃錶面在浴室這類高濕度的地點，也沒有起霧。

「浴室裡的水分子似乎會穿透他的身體或身上的飾品，他不受物理干涉。」

「可是，搞不好對方可以碰到我們。電影《第六感生死戀》也是這樣演的吧？」

這部電影描述死去的主角變成鬼魂，保護著女友。鬼魂無法觸碰生者的世界，也無法開門，因此必須穿牆移動。但主角經過一番特訓，可以觸摸到生者的世界了。

「可是，我們家的鬼看起來不像經過特訓，也不像想要特訓的樣子。我光著身體從他前面經過，他也一樣表情呆滯，很像植物。眼神空洞，好像什麼都沒看見。不過，如果水分子可以穿透他，他的皮鞋怎麼會是濕的？」

鬼魂穿著皮鞋，而千冬觀察到，皮鞋表面看起來是濕的。

靈異現象確實地侵蝕了我的精神。雖然鬼魂不會作怪，但私人空間遭到侵犯，搞得我心緒不寧。就像是蟑螂一樣，不曉得那傢伙躲藏在房間的哪裡，何時會出現在什麼地方，是這樣的恐懼。我食欲大減，因為貧血而頭暈目眩。夜裡也難以成眠，必須頂著睡眠不足的腦袋去上班。在公司只是被同事拍一下肩膀就尖叫，引來奇異的目光。

然後，那傢伙終於也開始出現在公司了。某一天，我看見那傢伙悄悄地站在樓梯平臺，一身鼠灰色西裝的眼熟中年男子。雖然他也出現在辦公室，但同事沒有發現他，好像只有我看得見。他也出現在車站月臺，被熙來攘往的人潮遮住的瞬間，他又消失了。走進去休息的咖啡廳裡也有他，面無表情地佇立在古典音樂流轉的陰暗店內。我終於承受不住，出現手抖症狀。一個人獨處的時候，會毫無前兆地掉眼淚。

一天早上我病倒了，全身倦怠，還發了燒。是心因性發燒吧。千冬照顧著我，她把手疊在臥床的我的手上，冰冰涼涼的好舒服。她的眼皮低垂，長長的睫毛在臉上投射出影子。我頭昏腦脹地思考該請誰來驅鬼才好。若是擁有法力的厲害大師，或許會用符咒或神酒把那個鬼趕跑。但千冬說：

「先調查清楚他出現的模式吧，我會研究如何防止靈異現象再次發生。」

2

千冬打開電腦上的試算表軟體，將那個鬼出現的時間和地點列成清單。清單分成兩邊，一邊是她的目擊紀錄，一邊是我的目擊紀錄。那傢伙好像也出現在千冬外出的地方。千冬買東西的地點，還有洗衣店停車場，都有他的蹤跡。

「這麼重要的事，妳怎麼沒告訴我？」

「因為我不覺得這有什麼。好像只有我們看得見他，這是為什麼呢？」

「因為我們被附身了吧。」

「被附身？這是指什麼樣的狀態？」

「因為某些理由，他糾纏著我們兩個。」

那個鬼魂執著於我們夫妻倆，我將其解釋為遭到附身。問題在於理由，我想不到我們遭到他執著的理由。

我躺在床上休息，千冬搬來椅子坐下。我們一起看著列印出來的目擊紀錄清單。

「你第一次看到那個鬼魂，是三月二十日晚上。」千冬說。

「我坐在沙發上看書，發現視野的角落有人。如果不是心理作用，應該就是他吧。」

「我第一次看到他是三月二十一日。半夜起來的時候，他站在走廊上。」

此後他每隔兩、三天就會出現一次。我和千冬目擊到的次數幾乎相同，間隔也相去不大。千冬確認記事本。

「三月十九日，我們有出門。」

我想起來了。那天是休假，我們搭電車去都心看了電影，去百貨公司買東西，晚上在餐廳用餐。記得那天很晚才回到家。

「也許是那天在哪裡被他纏上了。」千冬說。

「不可能是其他日子嗎？比方說我們是更早被纏上，只是一直沒發現他出現而已。」

「那段日子，我們一起行動的就只有三月十九日。」

千冬似乎如此推論：鬼魂不是只糾纏我，也不是只糾纏她，而是平等地出現在我和她兩人面前。也許是我們倆一起行動的時候，發生了某些吸引他的事。那一週我們一起外出的日子，就只有三月十九日。

「我們兩個同時被纏上，這完全只是假設。如果不是的話，也許是在其他日子，先是其中一人被纏上。先是我在某個地方被纏上，然後傳染給家裡的妳，或許是這樣。」

「就像感冒病毒那樣？但你好像沒有傳染給職場任何一個同事，我覺得不會那麼容易就空氣傳染。」

對方根本不是可以憑常識忖度的事物。鬼魂不一定是藉由病毒傳染那樣的生理學機制附在人身上。我覺得好像有部偉大的恐怖小說描寫這樣的事，但這是兩碼子事。千冬在地上打開地圖，開始用螢光筆標記我們三月十九日的移動路線。她長長的黑髮都垂到地圖上了。我比對兩份清單說：

「出現時間好像都沒有重疊呢。像是我在公司看到他的時候，就不會出現在妳那裡。」

「太好了。萬一同時出現在兩個地方，就表示他增加成兩個了。對了，我們決定一下往後的方針吧。首先，我想回顧一下三月十九日的行動，尋找被附身的原因，再來是調查那個鬼魂是什麼來路。」

既然變成鬼魂現身，表示他應該已經死了。必須掌握生前的他是什麼人、在哪裡生活、是怎麼死掉的。

雖然只是在虛構作品中看來的知識，但鬼魂似乎是因為戀棧陽世，才會現身。我們期待正確地理解他的留戀，並且斬斷那份留戀，就能防止靈異現象再次發生。

我聯絡公司說想請假一段時間，上司以意外溫柔的聲音叫我好好休息。上司和同事應該都發現最近的我不太對勁了吧。

我一個人待在臥室，回想著三月十九日發生的事，並輸入筆電。那天是我提議去看電影的。我們整裝之後，在中午過後出門。從公寓到車站，走路約需十分鐘。以和每天上班相同的路線抵達車站，坐上電車，在電影院所在的都心度過下午。先買了電影票，確保座位。看完電影後，去了百貨公司，千冬買了鞋子，我買了文具。在千冬挑的餐廳用晚餐，千冬把在店裡拍的香煎白身魚的照片上傳到她的部落格。

我再次確定行經路線，同時調查所經之處，是否發生過某些命案或事故。會不會比方說，我們在不知不覺的情況下，經過了命案或事故現場？然後把死在那裡的人的鬼魂帶回家了。可是找不到任何命案或事故紀錄。不會上新聞的擦撞意外或許是有，但找不到死亡意外這類嚴重的紀錄，也沒有誰被殺死的淒慘命案。再說，我們經過的都是人多的地方。鬼魂從不特定多數的行人當中挑選了我和千冬，這有什麼明確的理由嗎？

話說回來，鬼魂附體的途徑，有哪些種類呢？我忽然疑惑起來，搜尋了一下。參考靈異類的網站，讀了幾則靈異體驗貼文。其中應該也有些是創作故事，但對於真的撞鬼的我來說，每一則感覺都像是現實中發生的事。不知不覺間，我在這上面耗掉了大把時間。讀完一則體驗，又會想看更可怕的，讀起下一則來。如果是和已經讀過的是同一個套路，會覺得掃興，但恐怖故事真的好有趣。我盡情享受，同時列出了幾個鬼魂附身的代表性途徑。

一、做出某些冒犯鬼魂的事，觸怒了鬼魂。像是觸犯禁忌、弄壞或看到村中代代相傳的某些物品時，似乎就會遇到靈異現象。

二、靈異體質的人引來附近的浮遊靈。據說鬼魂的本質是孤獨的，會想要有人聆聽。有靈異體質的人似乎可以聽見鬼魂的聲音，被鬼魂喜愛。

三、跑去靈異地點，把那裡的鬼魂帶回來。靈異地點是鬼魂容易聚集的地方，踏進那裡，就很有可能遭到附體。

四、祖先與人結怨，一直到後代都遭到怨靈附身。

五、搬進去的地方本來就有鬼。

六、得到有鬼魂附體的物品，遭到糾纏。

或許還有其他情形，但總之先研究這幾個可能性。這些符合我和千冬的狀況嗎？三月十九日，我們觸犯了哪些禁忌嗎？雖然沒有印象，但無法排除在不自覺的情況下觸犯的可能性。我們有靈異體質，把鬼魂引上身來嗎？不太可能。在過去的人生當中，我根本沒聽過什麼鬼魂的聲音。不過也無法排除突然萌發這種能力的可能性。那我們侵入靈異地點了嗎？

不，我們去的都是很普通的地方。和祖先的作為有關嗎？不，靈異現象出現在我和千冬兩人身上。如果是和哪一方的祖先有關，出現的頻率應該會偏重於某一人才對。這個住處一開始就有鬼嗎？不，我們搬進這裡已經三年了，鬼魂是最近才冒出來的，不太可能從剛搬進來的時候就有鬼。買到什麼有鬼附體的物品嗎？這個可能性值得研究。

這世上好像真的有被死者靈魂附體的家具。像是布魯諾．阿瑪迪歐的畫作《哭泣的男孩》、費城的死亡椅子、威斯康辛州的托爾曼夫婦從二手店買來的雙層床、被拍成電影的洋娃娃安娜貝爾。也許我們在不知不覺間，把被靈魂附體的物品帶回家中了。

三月十九日，我們外出時買了幾樣東西。我和千冬分別在百貨公司買了文具和鞋子。她買的鞋子是某個時尚品牌的黑色包鞋，我買的文具是鋼筆卡水。兩樣都是全新品，但不能保證沒有鬼魂附在上面。像千冬買的包鞋，有可能在成為店頭陳列的商品前，放在靈異地點的倉庫保管。製造卡水的工廠，也有可能發生過淒慘的殺人命案。

千冬讀了我製作的鬼魂附體途徑的報告，說：

「我們來實驗一下吧。」

她取來一個紙箱，把那天買的鞋子和卡水放進去，當天就寄到她娘家了。

「如果那個鬼魂是附在皮鞋或卡水上，這樣應該就不會再出現在我們家了。」

「但這樣一來，鬼魂會移動到妳娘家，不用先說一聲嗎？」

「嗯，我打個電話好了。」

但鬼魂沒有離開。寄出宅配的隔天，我在洗手間洗臉時，視野角落看見某人無力下垂的手。鼠灰色的西裝袖口伸出戴腕錶的手腕。皮膚是土黃色的，我想起在葬禮的時候看到的親戚的遺體，就是這種顏色。

三月十九日，我們沒有買到別的什麼東西嗎？我的調查陷入瓶頸。就在這樣的某一天，千冬說：

「或許他是被人殺害的。」

3

「為什麼那個鬼要附上我們？具體來說，他是附在我們肉體的哪個部分？大腦？肌肉？還是骨頭？」千冬問著。

「應該是靈魂吧？」

「靈魂嗎？靈魂在我們肉體的哪裡？」

「如果變成鬼魂，或許就看得見了。」

這並不是千冬第一次思考肉體與靈魂的境界。不久前我們基於某個理由，被迫面對這個問題。

有篇文章被稱為全世界最短的小說。有一說認為它的作者是海明威，但是在海明威出道文壇前，報紙就刊登過類似的文章，因此作者應該另有其人。是僅以六個單字構成的小說。

For sale: baby shoes, never worn.

直譯是「求售：嬰兒鞋。從未使用」。我和千冬之間發生的事，完全就是這種狀況。某天，千冬的體內出現生命，然後消逝了。他的靈魂消失到哪裡去了？千冬的大腦到現在依然在思考這件事。靈魂棲宿在何處？研究發現，人類的細胞會以一定的周期替換，老舊的細胞會被排出體外。我們的肉體每一天都在更新，為何靈魂不會一起被排出？

千冬開始隨身攜帶素描本。她要替鬼魂畫肖像。世上有靈異照片這種東西，我們也以為可以用相機拍攝鬼魂，實際上千冬也拿手機試著拍攝，卻無法攝入他的形姿。

「這表示世上的靈異照片都是假的嗎？」

「也不一定所有的鬼魂都是這樣。也許只有這個個體是無法入鏡的類型，也有可能某些類型的手機或感光元件可以拍到。」

「看得到卻拍不到，這是什麼原理呢？別人看不到，只有我們看得到，這也很奇怪。」

「也許平常是被加密看不到的狀態。鬼魂只會給他允許的人解密金鑰，讓對方能夠認識到視覺資訊。」

帶著素描本的千冬，一遇到鬼魂現身，便立刻畫起他的畫像。鬼魂有時短短幾秒便消失，有時會現身十分鐘以上。畫到一半，那傢伙的輪廓開始模糊淡去，千冬便喊：「等一下，不要走！」

「或許他是被殺死的。」

「為什麼妳這麼想？」

「你有發現他後腦的形狀不對勁嗎？」

我基於恐懼，一直避免仔細去觀察，但那傢伙的後腦確實變形了。但他是會出現又消失的模糊存在，因此即使身體的一部分看起來扭曲，我也不以為意。

「為了把他畫下來，我觀察了一下。他的頭蓋骨有兩處凹陷。或許這就是他的死因。」

「這不構成他是遭人殺害的理由，也有可能是車禍。」

但千冬搖了搖頭：

「他的腦袋凹陷，是生前的傷反映在鬼魂的樣貌上，對吧？如果不是這樣，也就是生前的傷不會反映出來的話，他的腦袋應該是圓的。」

「這代表……什麼意義？」

「我們看到的他，或許是他死掉的樣子。他的西裝、皮鞋和手錶，也可以說是保存了他失去生命瞬間的模樣。如果他是死於車禍，被撞的時候，他的衣物應該也會破損才對。但他的服裝完好，而且除了頭蓋骨以外，沒有任何受傷的部位。」

「但這樣就說他是被殺的……」

如果那身服裝是死亡瞬間的模樣，那麼他應該不是死在醫院病床上。若說遇害慘死的人因為心有不甘，而變成冤魂現身，在心情上我稍微可以理解。但殺人命案？太可怕了。

「一定是那個啦，有東西掉到頭上啦。高處有重物落下，不巧砸中他的腦袋，應該是這樣吧。像是有人從大樓頂樓拋下空瓶。」

「他的傷在後腦。如果掉在頭頂，凹陷的地方會是頭頂才對。而且他死掉的時候，很有可能是在室內。」

「妳怎麼知道？」

千冬取出她畫下的素描，並排在我面前。鬼魂的正面和側臉。後腦受傷部位的擴大圖。有畫入全身的素描，也有仔細描繪領帶花紋、手錶、皮鞋等細節的圖。千冬的畫纖細且精密。

「你看這個。」

她指著皮鞋素描說。是褐色的商務皮鞋。不是全新的，感覺已經穿舊了。

「我不是說過嗎？他的鞋子有點濕，就好像走過雨中。我重新觀察他的褲腳，找到像是濺到水滴的痕跡。他死掉那一天，或許是個雨天。」

「可是他的西裝外套沒有濕。」

「如果下雨的話，一般都會撐傘呀。」

「撐傘？」

「所以外套沒有濕。因此我才會推測，他可能在室內。」

我想像在撐著傘的狀態，後腦受到損傷的狀況，卻想像不出來。即使有某些物體高速接近他的腦袋，感覺也會被雨傘擋下來。不過子彈另當別論啦。

「進入室內，收起雨傘，然後才死掉嗎？我知道了，他是腳一滑摔倒了。

或許是雨水讓地板變得潮濕易滑。他向後滑倒，所以後腦撞在地上，死掉了。」

但千冬不認同：

「傷口有兩處。難道是爬起來以後，又再四腳朝天滑倒一次，撞破了頭嗎？」

我很想解釋為他是事故死亡，但千冬似乎不讓我這麼做。

「他頭上的傷，我認為是某人的手進行的運動能量造成的。傷有兩處，而且位置相近。這讓我覺得不是意外，其中有人的意志。後腦遭受到第一次撞擊的瞬間，他的身體應該劇烈地晃動了。一般會往前栽倒，不是跪地，就是撲倒。接下來的一擊，若不是跟隨他的動作瞄準，應該沒辦法在相近的位置造成凹陷。」

他真的是遭人殺害嗎？然後附在我們身上？雖然並不確定，但千冬在評估這個可能性。

「如果鬼魂是因為心理上的憾恨而無法超度，或許可以藉由解開他的死亡真相，讓他消失。雖然他為何選擇了我們附身，依然不明。」

鬼魂依然毫無前兆地出現。沒有任何腳步聲，倏忽出現在房間角落，或是我們背後。我鼓起勇氣觀察鬼魂。確實，後腦的凹陷，似乎是頭蓋骨的塌陷造成的。我和千冬不認得這個鬼魂，但或許只是我們忘了他？為了慎重起見，我們將千冬畫的畫像掃進電腦，用電郵寄給親朋好友，詢問「如果你認得這個人，請回覆」，但結果並不理想。千冬在部落格寫下靈異體驗，附上畫像。標題是「想知道鬼魂的真實身分」，但這邊也未得到有用的訊息。

「欸，你看一下這個。」

千冬抱著筆電進入我休息的臥室。螢幕上是手錶廠牌的官網。商品一覽當中，有眼熟的機械錶照片。錶盤的顏色、數字的字體和位置，都和鬼魂手腕上的錶一樣。

「我找到他的手錶了。如果錶盤上沒有牌子的LOGO，或許就沒辦法找到了。目錄上的資料說，是半年前發售的款式。」

半年前？那不是新商品嗎？也就是說，他是在這半年以內遇害的。雖然也有可能生前的他是這支錶的開發者，商品發售前就戴在手上生活。

「對了，這支錶定價一萬五千圓左右，好像不是什麼高級名錶，表示他生前的生活水準相當一般吧。」

附帶一提，鬼魂的手錶總是顯示著三點二十五分。不知道是下午還是深夜，但也許是停留在他死去的瞬間。

接著千冬拿出領帶圖案的素描。鬼魂打的領帶，是沉穩的和風圖案，以金絲在黑底織出精細的花紋。千冬查到，這是京都一家金織綿緞的店家販賣的限定商品。

「我太驚訝了，妳居然查得出來！」

「我去請教了一下領帶收藏家。我立刻把畫像傳給店家，但店家好像對顧客沒印象。」

千冬原本期待鬼魂生前去過那家店，而店員記得他的臉。這款商品好像從幾年前就開始上市，因此若要推測他的死亡時期，參考手錶的銷售時期似乎比較好。

四月不知不覺間來到了尾聲。世人都在討論黃金週連假的計畫。鬼魂出現在我們面前，已經過了一個月，但我還是無法習慣。處在深夜有鬼站在床邊的狀態，我不可能安眠。千冬倒是毫不在意，睡得很香。

「妳怎麼睡得著？」

「他只是站著，又不會做什麼，把他當做不存在就好了。」

萬一他就這樣纏上一輩子，那該怎麼辦？不管去哪裡旅行，就連參加朋友婚禮的時候，他都會跟來。就在我擔心這些事的某一天——

我和千冬坐在沙發上看電視，他忽然現身，擋住了視線。只有他的周圍的光線變得昏暗，他雙手軟軟地垂著，眼神空洞地木立著。我害怕得緊抱住靠墊，千冬卻默默地傾斜身體，就像嫌他礙眼似地繼續看電視。

我用靠墊擋著臉，頻頻偷瞄他，在心中祈禱他快點消失。這時我注意到奇妙的事。隔著他的肚子，可以看到電視螢幕。我揉了揉眼睛，但不是眼花，他真的變成半透明了。之前從來沒有這種情形。我提出這件事，千冬露出沉思的表情。

「真的耶。可是怎麼會這樣？」

「什麼？」

千冬站起來，繞到鬼魂另一頭，前後左右端詳。

「他變成半透明了，可是看不到體內的器官，也就是看不到內臟或骨頭。只有對著我們的身體表面看起來是半透明的。也許他是投射在附身的人個別的心靈螢幕上。」

我們討論起他的透明度的變化。這只是暫時的嗎？或者往後一直都會是這個樣子？理由是什麼？雖然沒有討論出明快的解答，但過了幾天，他的身影變得更淡薄了。這件事讓我開心起來。

耐人尋味的是，我看到的和千冬看到的，透明度的變化並不一致。我覺得他的身影變得更淡的日子，千冬卻說和前天沒有不同。也有相反的日子。他的身影就像是投射在明亮房間的電影，變得十分透明，有時即使出現，也化入背景，甚至沒有發現。

看來時間會解決靈異現象。他任意附身在我和千冬身上，然後即將任意消失了。他的身影漸淡，變得必須定睛尋找才總算能發現，最後終於不再出現了。

鬼魂消失了！我開了一瓶酒大肆慶祝，千冬卻露出難以信服的表情。她不停地思考，這個現象該如何解釋才好？

「黃金週結束後，我就回去上班吧。妳也是，把po上部落格的那篇文章刪掉吧。看到那篇文章我就會想起來，手都會發抖。」

千冬轉向電腦，打算刪掉文章。

「啊……」

她出聲了。我從旁邊探頭看螢幕，發現有人在她的部落格留言。看到那篇文章的人似乎基於某些理由，留下了免費電子信箱。留言內容是：

我認得畫像上的人。請聯絡我。

4

黃金週期間，我們時隔許久地外出了。天空蔚藍，天氣溫暖。我們從離家最近的車站搭電車前往都心，重現三月十九日的路線。電影院的海報陣容全數翻新。那天播放的電影全部下檔了，換上了新的作品。即使重新確認，我們經過的也真的是很普通的路線，除了我們以外，也有許多行人來來往往。在這麼多人當中，只有我們被附上，只是運氣不佳嗎？

「他是在哪裡、基於什麼理由而附上我們呢？」

我邊走邊說，但並不期待明快的答案。

「其實我有個假說。」

「假說？」

「但還不到可以告訴別人的階段。」

「給點提示也好吧？」

「或許他就像你說的，是附在物品上面。和他的死密切相關的物品。」

千冬不肯再透露更多。

天野健一。這就是鬼魂的身分。查到他的名字，與他不再現身，幾乎發生在同一個時期，這是偶然，或者是必然？

在千冬的部落格留下訊息的人，是住在京都的某位上班族男子。他說他的同事從三月中旬就下落不明。沒有回家，不知道消失到哪裡去了。也不知道是被捲入犯罪，或只是單純的離家出走。他非常關心，上網搜尋消息，有人告訴他千冬的部落格。看到畫像，他大吃一驚。因為那與他失蹤的同事天野健一一模一樣。在他的引介下，我們也聯絡到天野健一的太太。

天野健一住在京都。他的領帶是太太送他的生日禮物。他突然消失，是三月中旬，一個全國各地都在下雨的日子。天野健一說要出差，離家以後，就此失聯。

街角的大樓一樓有家法國料理店。門口兩側擺著盆栽，小黑板上寫著本日菜單。天野健一的太太好像還沒有來。我們被領到預約桌位，在那裡等待。

我們透過電話和天野太太交談，但對方要求直接見面，她還在懷疑我和千冬所說的內容。這也難怪。什麼失蹤的丈夫變成鬼魂，附在陌生夫妻身上，聽起來根本就是惡劣的玩笑。

「她是不是以為我們是詐騙集團？」

我擔心地說，旁邊的千冬在整理資料。她為了今天，製作了簡報資料列印出來。女店員端水過來。這家店品味很好，空間不大，只有五張桌位。廚房有個男廚師。我猜想會不會是夫妻自己開的店。三月十九日，我們也是在這裡吃飯。一方面也為了再次確定我們當天的路線，千冬事先預約了這家店。

店門打開又關上，一名中年婦人進來了。有著一張豐滿圓臉的婦人不安地環顧店內，目光停留在我和千冬的桌位。我和千冬站起來欠身致意。

「幸會，我是天野。」

我們隔著桌子面對面坐下。她對於遲到相當惶恐。飲料和前菜上桌了。午餐菜色是固定的。我們一邊用餐，一邊說明至今為止的經緯，並拿出千冬整理的資料給她看。不過資料上不包括天野健一可能遭人殺害的推測。殺害這個詞太刺激了，使用起來應該更謹慎一些。

「變成鬼魂出現，這……」

天野太太吐出困惑的喃喃自語，這反應不出意料。她沒有情緒失控，就謝天謝地了。千冬淡淡地說明狀況，我在她的話中插嘴，補充說明，好讓太太理解。

「如果那真的是鬼魂的話，那我先生……已經死了嗎……？」

太太看著素描簿上的畫像說。她肯定到現在依然相信丈夫有朝一日會歸來的可能性。「我不知道。」我回道。「這個可能性很大。」千冬說。

我們大致說明結束後，換我們請教關於天野健一的事。總算得知神秘鬼魂的身分背景，有種迷霧散去的豁然開朗。天野健一是個上班族，就職於京都的貿易公司，興趣是釣魚。他是三名手足中的么兒，沒有孩子。失蹤當天，出門前他說要去出差。但後來太太向公司確定，發現他根本沒有出差行程，而是以家庭因素為由，提出請假。等於是他向太太和公司撒了謊休假。

「他有沒有被捲入什麼麻煩的樣子？」

「沒有。」

「以前有沒有遇到過什麼犯罪？」

「這……大概只有遇到過詐騙，去找警察求助吧。」

「詐騙？」

我詢問，原來似乎是常見的美女強迫推銷的手法，被騙了十幾萬圓。

主菜上桌了。羔羊肉以紅酒醬燉得十分柔嫩，真好吃。即使談著這種話題，我依然能夠享用美食。雖然天野太太剩下了一大半。

「他怎麼會在東京變成這樣……」

「妳先生常來這裡嗎？」

「一年大概就一次，因為公司出差過來。」

有沒有可能是在京都過世，只有鬼魂被吹到東京來了？還是不可能？因為好像也不受物理干涉嘛。

「他應該是在東京被殺的。」

千冬輕描淡寫地說了出來。太太一臉驚愕地看她：

「呃，這話是……」

「他假冒出差，來到東京，然後在此地遇害了。」

太太弄倒了水杯，水漬在桌巾擴散開來。我在內心責怪千冬：這個推論不該貿然說出口的，我們夫妻應該先討論一下該何時提出這件事的。

「可是，我先生怎麼會……」

太太搖著頭，就像無法理解千冬的話。接著她有些橫眉豎目起來：

「你們有證據嗎？」

明明只隔了一張桌子，卻幾乎感覺出現了一堵物理性的高牆。那是懷疑的眼神，她在提防，說她才不會上當。

「噯，太太，妳先冷靜聽我們說。」

我作勢起身安撫道。

千冬以平板的聲音，公事公辦地說：

「目前沒有證據，鬼魂也已經消失了。」

太太抓起了皮包。是在猶豫該不該起身走人嗎？

就在這時，女店員拿著抹布過來了。她擦掉翻倒的水，說「我再拿一杯過來」，但這時她的臉僵住了。

我覺得這反應很奇怪。女店員一動不動，就像僵硬了似的，眼睛直盯著一點看。

是桌上的天野健一的畫像。女店員開始發抖，恐懼在那張臉上蔓延開來。

「是妳嗎？」

千冬問店員。

她慵懶的眼神轉向廚房：

「還是你們兩個一起？」

她在說什麼？

一道「砰」的劇烈聲響。注意到的時候，女店員不見了。店門打開，在原地晃動。

一頭霧水的我動彈不得，也沒有想到要追上去。聽到吵鬧聲的廚師從廚房走了出來，向我們投以詢問的目光，但我們一樣莫名其妙。天野太太也對這狀況不知所措。

「Turnover。」

千冬平靜地說。她老神在在。難道她也知道店員奪門而出的理由嗎？我重複她的話：

「Turnover？」

「沒錯。人是她殺的。我想出可能是turnover的假說，找到了這家店。」

Turnover，也就是生物學上的新陳代謝吧。我們人類，或者說幾乎所有的生物，都是透過分解藉由進食攝入體內的蛋白質等營養素，來合成新的細胞。同時分解舊的細胞，排出體外。新舊分子替換，維持動態平衡的狀態，這就叫做新陳代謝。

「我們並不是被鬼魂附身。」

千冬說。

「天野健一附身的，應該是殺害他的兇器，我認為他是附在重擊他後腦的兇器上。就和被詛咒的娃娃或繪畫一樣，死後的他纏附在與他密切相關的物品上。我們只是吃下了它而已。」

「吃下它？」

「為了湮滅證據。兇器在我們的體內被分解，暫時性地與我們的肉體同化。但是它逐漸被排出，在我們體內的濃度下降，所以他也漸漸變淡，最後消失了。」

剛才下肚的前菜和羔羊肉伴隨著胃液湧上咽喉。天野太太好像無法理解千冬的話，狐疑地看著她。但我可以正確地想像出千冬想表達的意思。因此我再也無法承受，彎下身去大吐特吐起來。

利根川惠子，二十九歲。她在前年結婚，和丈夫一起經營法國餐廳。夫妻感情很好，過著幸福的日子。但是她在婚前曾經涉入一起詐騙案，而天野健一就是此案眾多的被害人之一。

天野健一失蹤的半年前，他有事來到東京。當時似乎偶然發現了利根川惠子。他跟蹤利根川惠子，找到那家法國餐廳。如果他直接上警局，應該就不會演變成今天這種狀況了。但是他當面與利根川惠子對質，指責她過去犯下的罪。

利根川惠子進退兩難。她曾經參與詐騙一事，並未向丈夫坦白，她害怕萬一遭到揭發，現在的生活會毀於一旦。她決定殺死天野健一。她在店休日把天野健一找去，假意順從他，趁隙用兇器打死他。這天她丈夫去參加朋友的婚禮，晚上才會回來。附帶一提，據說天野健一以和她發生關係為條件，答應替她保密過去的罪行。

當成兇器的物品，是冷凍的鱈魚。凍結的鱈魚重達三公斤，利根川惠子用它朝天野健一的後腦重擊。她在下雨天中，把天野健一的傘和屍體拋棄在郊外的草叢裡。拿來當成兇器的冷凍魚沒有丟棄，是擔心會從魚循線查到店裡來。而且進貨的魚的數目減少，也可能引來懷疑。她說她認為沖掉魚身上的血，拿去煮掉，更能確實地湮滅證據。她把兇器再次冰回冷凍庫。後來魚被解凍，做成香煎白身魚。就是三月十九日那天，我和千冬吃下肚的香煎白身魚。

我嘔吐那天，利根川惠子看見親手殺害的男子的畫像，魂飛魄散，拔腿就跑。隔天她被找到，向警方坦承一切，屍體也找到了。我和千冬也被找去做筆錄，但靈異現象的部分，警方不可能聽信，天野太太也不曉得該如何解釋與我們的關係。最後我們被當成是天野健一生前的朋友，剛好在店裡遇到，但千冬這麼說：

「若要更正確地記錄，不是生前的朋友，而是死後的朋友。」

以上，就是我們遇到的怪事始末。

案件的新聞報導退燒後，天野太太寫信給我們。禮貌性的文章散發著疏離的味道。

我繼續回去上班，搭電車通勤。日常再次回歸了，也不會再見鬼了。應該不會了。

「這可難說。」

某天早上，千冬將早餐吃完的碗盤端到流理臺說。

「我想用來當成兇器的鱈魚分解成的胺基酸和其他成分，並非完全排出了。最好視為還有一些仍殘留在我們的體內。」

千冬說，細胞更新的週期，每個器官不同。像肌肉和肝臟是六十天，皮膚的細胞則因年齡而異，二十到三十歲約二十八天，三十到四十歲約四十天，就會全數更新。紅血球的細胞似乎約一百二十天就會死去，如果來自於天野健一附體的鱈魚的胺基酸變成了紅血球，那麼它們還在我們的體內循環著。難保他會在某個瞬間又冒出來。

「不要在我上班前危言聳聽好嗎？妳只是想嚇我吧？」

我打好領帶，走向玄關。正在穿鞋的時候，千冬來到我身後。眼皮低垂、一如往常的慵懶眼神雖然沒變，但嘴唇微彎，神態溫柔。

「妳遇到什麼好事嗎？」

「嗯。因為這次的事，讓我知道就算肉體消失了，情感的一部分還是會保留下來。你知道嗎？我們的體內，也有不會進行新陳代謝的細胞。」

「妳是說腦細胞嗎？」

「對。」

人體內好像也有不會進行代謝的細胞，比方說構成神經纖維網的細胞，以及眼睛的一部分。

「不過這又怎麼了嗎？」

千冬輕按自己的腹部：

「有不會替換的細胞組織，這讓我很開心。因為如果那孩子有靈魂，然後那孩子的靈魂在被排出體外前附上了某個地方，或許他還在我的體內某處，不是嗎？」

全世界最短的小說。那篇文章的動人之處，或許就在於小說的短小，與人類的短小完全吻合。

未曾出世的我和她的孩子，也有靈魂嗎？或者靈魂這東西是與人生的長度呈正比，逐漸成形，那孩子尚未萌生出像靈魂的東西？我不知道。

但千冬會想起那孩子，總是不斷地想著那孩子。鬼魂的那場風波讓我留下了心理創傷，但如果能夠撫慰千冬的話，仍然是好事一樁吧。

我開門準備上班，射進屋內的朝陽照亮了千冬的臉頰。

無頭雞　夜間　漫步

1

祖母家在山腳下的村子裡，非常鄉下，周圍除了大片旱田和雜木林以外，什麼都沒有。也許是因為從都市搬來的時候是冬季，印象中只留下枯木、寒霜，以及天空烏雲密布、一派荒涼的景色。

當時十二歲的我，戴著手套，圍著圍巾，走在從祖母家到小學的漫長道路上。鄉間的冬季寒冷異常，風寒刺骨。如果沒有戴手套，指頭就會凍成紅色的，最後陣陣發麻。

剛轉學進來沒多久的我，無法融入同學之間，總是獨來獨往。除了我以外，班上還有另一個孤立的同學，那就是水野風子。

風子的頭髮暗淡枯黃，臉頰凹陷。她總是穿著同一件淡粉紅色的毛衣，但處處綻線破洞。她應該只有那件冬衣可穿吧。襪子也開了好幾個洞，同學們拿這件事取笑她，她便羞慚地低下頭，扭捏不已。

我是和她要好之後，才知道她家裡的狀況的。聽說在我搬過去的幾年前，她都還過著普通的生活。但父母在交通意外喪生後，她的人生便整個天翻地覆了。她的阿姨滿代跑來，收養了唯一留下的她。滿代是個肥女人，也不工作，整天欺負風子。她不給風子像樣的東西吃，風子的氣色愈來愈差，也失去了笑容。因為風子愈來愈陰沉，同學們和她拉開了距離。

起初我不知道這些內情，把同樣從班上孤立的風子當成自己的戰友。我是在某個小雪紛飛的傍晚，第一次和水野風子說話。

當時已經放學，我揹著書包，在烏雲密布的陰暗天空下，走回祖母家。凍結的石子路，表面變得像銼刀一樣。走到雜木林旁邊時，我聽到那聲音。

「京太郎！你跑去哪裡了？京太郎！」

枯木交錯的另一頭，有條乾瘦的人影。

「京太郎！吃飯了！京太郎！」

是水野風子。她只穿了一件淡粉紅色的毛衣，顯得非常寒冷的樣子。她好像在找人，紛飛的雪珠掠過風子的嘴唇邊。透過雜木林看見的那張側臉，讓我一陣驚豔。之前我只看過她低頭垂首的樣子，因此都沒發現她居然長得這麼美。我忍不住走近雜木林，卻不小心踩到小樹枝，腳下發出一道清脆的聲響。

「京太郎？」

隔著密集的枯木隙縫，我倆四目相接。又有幾顆雪珠掠過。水野風子發現我，露出害怕的表情。她的左右手各別提著裝了水的杯子和一只破爛的小鍋子，杯子不知為何插著吸管。風子戴著工作手套禦寒。她沒有一般的手套，總是戴著工作手套上學，這也成了眾人戲弄的對象。

「呃……我聽到聲音。」

我有些尷尬地說，她後退了一步。就像在教室裡那樣，低下頭，駝起背，擺出躲避視線的姿勢。她的臉藏入陰影中，遮住了顫動的長睫毛和形狀漂亮的眼睛。

「京太郎是誰？」

風子沒有回應，好像在等我閉嘴離開。我總覺得抱歉起來。

「我要走了，不好意思打擾妳了。」

我說，準備跨步離去。這時，腳邊突然傳出聲響，是鳥類拍動翅膀的聲音。風子驚覺抬頭：

「京太郎！」

有東西在我的腳邊，一團白色的東西。那東西朝我的鼻頭高高地一跳，嘩啦啦拍打翅膀。我嚇得退後，一屁股跌坐在地，幾根白色的翅膀像雪花般飄落下來。

好像是一隻雞。風子在找的京太郎，一定就是這東西。風子丟下手中的杯子和小鍋子，衝了過來。

「不是！不是的！」

風子喊著，像要從我手中保護牠似地緊緊地抱住了那隻雞，哭了起來。我的目光無法從風子懷裡的那東西身上移開，那詭異的模樣令人駭懼。但我之所以能夠克制住尖叫，是因為我在書上讀到過，知道有這種狀態的雞。

沒錯，過去曾經有這樣的雞，也留下了學術紀錄。但日本居然也有，教人驚訝。被稱為京太郎的雞拍打翅膀，踢動著兩隻腳，撒出白色的羽毛。然而卻看不到應該要有的東西。雞冠、鳥喙、眼睛，也就是脖子以上應該要有的東西，全部沒有。

我曾在蒐集全世界神秘事件的書上看到過「無頭雞麥克」。

一九四五年九月十日，美國科羅拉多州的農家，有一隻雞被砍頭了。然而原本預定成為晚餐盤中飧的那隻雞，卻在失去頭部的狀態下不停地繼續行走，一點都沒有要斷氣的樣子。由於過了一晚牠還活著，農家決定留牠一命，以滴管從斬首後的洞口餵食水和飼料。兩天、三天過去，雞依然沒有死，被取名為麥克，送到大學去接受研究。科學家檢查之後，推測可能是頸動脈被凝固的血液堵塞，而避免了失血。同時，由於留下了腦幹及一邊大半的耳朵，因此可以在無頭的狀態下四處走動。

以無頭的狀態活下來的雞，立刻引發了轟動，還登上《生活》及《時代》等雜誌及報紙。我讀的那本書，也刊登了麥克的幾張黑白照。被白色羽毛覆蓋的身體上，有兩條帶爪的腳，略微渾圓的胸部，上面是泛黑的肉的斷面。連用滴管將水滴入斷面洞口的照片都有。結果麥克以無頭的狀態活了十八個月。聽說最後是因為被飼料噎住喉嚨，造成窒息死亡。

聽說水野風子取名為京太郎的雞以前也是有頭的，但是被阿姨滿代給砍掉了。

「她會做出我絕對不願意的事，她都會把我珍惜的東西搶走。因為我很疼京太郎，所以有一天阿姨在我面前按住京太郎，用斧頭砍下了牠的頭。」

然而，在淚流滿面的風子面前，失去腦袋的京太郎卻依然活蹦亂跳。

「阿姨以為京太郎死掉了。因為她馬上就抓起砍下來的頭，不知道去哪裡了。」

風子躲起來飼養無頭雞。萬一被阿姨發現，不知道會有什麼下場。好不容易維繫下來的京太郎的生命，這次或許真的會被斧頭徹底根絕。風子非常害怕這樣。

小雪紛飛的那天，被我發現秘密時，風子之所以哭泣，也是這個緣故。她一定是認為我會把無頭雞的事到處宣傳。

我等她收住眼淚，對她說：

「我會保密的，我絕對不會告訴任何人。」

雖然花了一點時間，但是冬天還沒有過去，我們便成了無話不談的好朋友。我們把自己的過去告訴彼此，說出無法向別人傾吐的煩惱。不久後，我開始把無頭雞和風子的身影重疊在一起了。頭被砍掉，只剩下身體的存在。風子努力什麼都不想、什麼都不看，僅僅只是活著。

2

水野風子和我見面的時候，嘴裡總是含著玻璃珠。只要豎起耳朵，就能聽見她的牙齒和玻璃珠碰撞的輕響。

「肚子餓的時候，我都會含玻璃珠。感覺就好像含著糖果一樣，肚子就不會叫了。」

她乾燥龜裂、有些滲血的嘴唇間露出有顏色的玻璃珠說。

我開始和水野風子往來後，班上同學立刻拿這件事打趣起鬨。黑板被畫上寫有我們名字的情人傘，風子紅著臉低下頭。我們達成默契，在校內保持距離，不在別人面前交談。

當時我們生活的祖母家，是宏偉的日式平房。許多間和室相連在一起，大到可以容納二、三十名親戚都沒問題。但屋裡住的只有我、父親和祖母三個人，幾乎所有的房間都是空的。

我的房間在東南角，甚至附有直接通往戶外的簷廊。某個星期天，風子跑來敲我房間的落地玻璃窗。

「槙尾同學。」

石油暖爐上的水壺蒸氣把玻璃薰得一片白。白霧另一頭，是風子細瘦的輪廓。

「啊，歡迎。」

打開玻璃窗，我看見風子抱著一個黑色垃圾袋。約雙手環抱那麼大的垃圾袋裡，有東西正嘩嘩掙動著。

「我有留氣孔。因為要是直接抱著走，不曉得會被誰看到。」

風子打開垃圾袋口，放出裡面的無頭雞京太郎。京太郎活動著翅膀和腳，站到我房間的榻榻米上，在離暖爐有些遠的地方走來走去。

「風子也進來吧。」

「打擾了。」

風子脫了鞋子，從簷廊進入室內，露出放心的表情，吁了一口氣。

「啊，好溫暖。」

徹骨的寒風，把風子的臉頰和耳朵都凍紅了。她今天也穿著淡粉紅色的毛衣和工作手套。我催她坐到暖爐邊取暖，但她客氣地跪坐在窗邊，眼睛東張西望地看著房間裡。她都來過好幾次了，但今天也一樣緊張。

「我沒想到妳會用垃圾袋裝來。」

「會很奇怪嗎？」

袋子有許多用鉛筆之類的東西戳出來的洞。

「對不起喔，袋子裡很黑，會怕嗎？」

她對著京太郎的脖子被斧頭砍出來的泛黑斷面說。

「脖子以上都沒了，應該不會感覺到黑吧？」

「是嗎？」

「是啊。」

儘管嘴上這麼說，但我甚至無法想像少了頭的雞，到底是想著什麼而活。京太郎有時會身體前傾，做出啄食地面飼料的動作。是在黑暗中看見飼料的幻影，反射性地做出和以前一樣的動作。紀錄中說，麥克以前也做出過類似的動作。

我讓風子看了有「無頭雞麥克」報導的書，然後練習餵食京太郎水和飼料。

「喏，要這樣做。」

風子用吸管吸起杯中的水，拿到京太郎脖子斷面的小洞上，那裡應該是食道。把水灌進去，水發出「咕波咕波」的聲音，被吸入無頭雞的體內。

「喏，很可愛對吧？」

「一點都不可愛啊。」

「飼料也是一樣的餵法。捏起來，放進洞裡面。」

我用風子帶來的粉狀雞飼料實際餵食看看。用指頭捏起來，撒進泛黑的斷面洞口中。後來祖母過世，為她拈香時，我想起了餵食京太郎的事。

「可是，真的沒問題嗎？不會被發現嗎？」

「交給我吧。我叫我爸和阿嬤都不要進來了，妳可以每天來這裡看牠。」

風子原本在沒有人會去的雜木林裡，用湊合的材料做了個圍欄，把京太郎養在裡面。但是小雪紛飛的那天，圍欄被風吹倒，京太郎跑了出來。我說「繼續養在雜木林裡會出事」，畢竟不曉得有誰會去，而且就算把圍欄修好，也不知道京太郎何時又會溜出去，跑到有許多人的地方。因此我提議養在我的房間裡。

「牠不會叫，而且很安靜，一定不會被發現的。」

不過京太郎好像有想要啼叫的欲望，斷面的洞穴會發出空氣漏出來的「咻噢噢、咻噢噢」的聲音。把手靠上去，從肺裡送出來的吐氣噴在掌心上，癢癢的。本人一定自以為發出了雄壯威武的啼叫聲吧。

「可是牠會大便啊。」

「啊，對喔。就算沒有頭，照樣會大便呢。」

「對啊，因為牠活著嘛。」

無頭雞京太郎小跳步地在我的房間裡四處移動。少了頭的那副模樣十分詭異，生著翅膀的一團東西，靠著兩根細小的腳站立著。風子看著那模樣，瞇起了眼睛：

「真可愛。」

「哪裡可愛了？」

「就像天使一樣。白白的，又蓬蓬軟軟的，還有翅膀，不是嗎？」

圓鼓的形狀在風子薄薄的臉頰內側移動，發出玻璃珠輕敲的「咔哩」聲。

這天晚上，被子上散布了一些雞屎，但此外似乎沒有問題。屋子很大，父親和祖母的房間都相隔遙遠，所以即使京太郎拍動翅膀，四處走動，似乎也聽不到牠製造出來的聲響。

夜半醒來一看，京太郎用腳爪扒著簷廊的玻璃窗。窗外射進來的月光，讓脖子以上空無一物的白色的雞浮現在夜黑之中。牠是想要出去嗎？不，只是看起來像想要出去而已。這傢伙沒有頭，不可能會有想要出去的念頭，只是碰巧在扒窗戶而已吧。但我心血來潮，決定讓牠出去散步一下。

我緊跟在牠旁邊，免得牠跑掉。在竹籬笆圍繞的房屋土地裡繞圈子遊蕩的模樣，就彷彿在尋找自己失去的頭，就像是無頭騎士杜拉漢的傳說。

「你的頭在哪裡呢？風子的阿姨一定已經把它丟掉了吧。」

我對徬徨的無頭雞說。

風子每天都來我家玩，寵一下京太郎再回去。後來她和父親還有祖母也認識了，只有跟我們在一起的時候，會露出放鬆的表情。每次她來家裡，祖母都會端點心過來。察覺到祖母過來的動靜，我們就會把京太郎藏進壁櫃裡，裝出在玩撲克牌等遊戲的樣子。祖母離開後，風子會先徵求我的同意，再有些害羞地伸手拿點心。滿代沒有給她充足的飲食，因此她總是飢腸轆轆。

有時候，我和風子還有無頭雞會一起出去散步。我們會挑選不會有人來的冷清死巷，放掉長著翅膀的一團白羽毛。口中「咔哩、叩嘍」地含著玻璃珠、瘦巴巴的風子，會慢慢地跟在京太郎後面走。風子有種隨時都會風流雲散的虛幻之感。漫步在荒涼冬季大地的白色無頭雞和少女的身影，看上去就像一幕幻影。

3

某天，我奉命去村郊的小超市跑腿，發現滿代在那裡。滿代是個肥胖壯碩的女人。她臃腫地在貨架之間移動著，面無表情地將大量的罐頭丟進購物籃裡。沾滿頭皮屑的黑色長髮油亮亮的，即使遇到街坊鄰居，也沒有半聲招呼。可是她一看到我，便突然轉身朝我走來。

「就是你，勾引我們家風子！」

滿代滿臉怒容地說。那雙眼中混濁的黑色令我駭然，感覺就好像被兩團無底洞瞪視一般。滿代的身材比一般男人還要魁梧，讓我有種遭到大熊威嚇的恐懼。

滿代一再用購物籃推撞我，說：

「喂，給我說話啊！你跟風子進展到哪裡了！」

我忍無可忍，拔腿就跑。後面傳來滿代的笑聲。

當時我憎恨著滿代這個人。風子經常帶著傷上學，雖然她對老師說是從樓梯摔下來，但其實是被阿姨打的。滿代為什麼要欺負風子？有人說，可能是對美女姊姊的自卑情結。風子清麗的面貌是遺傳自母親，每當看到外甥女，滿代是不是就把她和姊姊重疊在一起？

「妳身上的傷，跟老師講一下比較好。」

「不可以。萬一被阿姨知道我跟老師告狀，她一定會生氣。」

我們一邊陪無頭雞散步，一邊聊天。京太郎露著泛黑的斷面，在降了霜的旱田上小跳步前進。

「把妳阿姨殺掉吧，偽裝成被強盜殺死。」

風子露出為難的表情：

「不可以的，只要我忍耐就好了。等到我長大了，一定就可以自由了。在那之前，不管她對我有多壞，我都不會回嘴，逆來順受。就像等待暴風雨過去。」

事後，我很後悔不應該聽從風子這話的。

某天，來上學的風子右眼整個瘀青。每個人都笑她「醜八怪！」，她垂下頭去。傍晚的時候，她一如往常來我的房間找我，憐愛地緊緊抱住無頭雞。

「祭典有夜市的時候，我媽買了小雞給我，那就是京太郎。」

風子告訴我。

「我爸幫牠蓋了一棟雞舍。是我跟我爸媽三個人把牠養大的……咦？牠是不是變胖啦？」

京太郎的體型變得圓滾，比以前大多了。這麼說來，無頭雞麥克被報章雜誌大肆報導，成為媒體寵兒後，不斷地被餵食，體重增加了四倍之多。即使沒了腦袋，還能活得健健康康，真是太不可思議了。

用吸管餵水，拈香似地餵飼料。泛黑的斷面洞口每當吞入飼料，都會陣陣蠕動。接著我們在暖爐前看漫畫。在口中「咔哩、叩嘍」地含著玻璃珠的風子因為過度沉迷於漫畫，竟不小心把珠子給吞下去了。她突然嗆咳起來，我還以為出了什麼事。結果，玻璃珠被吞進胃裡了。

「啊……差點被噎死……」

風子有些害臊地說。因為劇烈嗆咳，眼鼻變得就像大哭過一場。

風子必須在天黑前回家，我因為擔心，決定送她回家。她家是老舊的小透天厝，位在雜木林圍繞的偏僻場所。我們肩並肩走著，我聆聽風子的臉上瘀青發生的經過。是滿代以管教為名，打了風子。明明風子沒有做出任何必須挨罵的事，滿代卻會動輒找理由修理她。

來到屋子前面，我們停下腳步。窗戶亮著燈，屋子旁邊有個小雞舍。現在裡面是空的，但飼料槽仍留在原處。

「這是妳爸做的？好厲害。」

我看著雞舍說。結構非常扎實。

車庫停著一輛白色轎車，其餘的空間擺放著各種物品和農具。我在其中找到斧頭。刀刃部分黑色的污漬，是砍下京太郎的頭時沾上的血嗎？我們倆彼此依偎著，好半晌一動不動。漸漸地，天色昏暗起來。我們必須道別了。

「槙尾同學，謝謝你，明天見。」

在玄關前揮手的風子，身影在昏暗的夜色中變得模糊。我背對她走了出去。雜木林中的路，連路燈都沒有。走著走著，四下變得一片漆黑，風子和風子的家消失在飽含濃稠夜黑的雜木林另一頭。

隔天水野風子沒有來學校，也沒有來我房間。隔天也沒有來。第三天中午，老師向同學說明風子沒來學校的理由。說她突然要轉學了，有親戚要收養她，她已經搬走了。

騙人。風子怎麼可能把那樣疼愛的無頭雞丟給我，連聲道別都沒有就走了？還是她必須急著出發，連過來道別的時間都沒有？

一天的課程結束，獲得解放之後，我前往風子家。如果能夠逃離滿代的魔掌，被親戚收養是件好事。但一絲不祥的預感掠過腦際。

穿過雜木林中的路，看見風子家了。走近玄關，按下老舊的門鈴，但沒有鈴響的樣子。好像壞了。我敲門呼喊：

「有人在嗎？我是風子的同學槙尾。」

沒有回應。四下張望，車庫裡的車不見了。是真的搬走了嗎？阿姨滿代也不在家，是陪風子去收養她的親戚家了嗎？也許是吧，我開始接受事實。那樣就好，那樣比較好。

我在屋前低著頭站了一會兒，做出決定，準備離開。冬季的冷風吹動著空蕩蕩的雞舍的門，發出「嘰嘰」聲響。飼料槽壞了，翻倒過來。就好像有人在那裡掙扎過一樣。

「風子！妳真的不在嗎?!」

總有股不好的預感，再調查一下吧。我繞著屋子，呼喊風子的名字。

有一道小窗開著。從位置來看，是浴室嗎？我試著靠近，探頭看裡面。

斧頭靠放在浴室牆上。斧刃很乾淨，就像洗過正在晾乾。斧頭怎麼會放在這種地方？還有千瘡百孔的砧板和空掉的洗衣粉容器。排水口旁邊掉著一顆反射著光線的小珠子。

咔哩、叩嘍。

我想起從風子薄薄的臉頰內側突起，碰撞牙齒發出的聲響。掉在排水口旁邊的，是風子總是含在嘴裡的玻璃珠。

4

我從家裡打電話報警。說出我的名字、住址，還有在風子家看到的情況，請警察馬上過來。祖母看見我蒼白的臉，嚇了一跳。

警察在我家玄關問了各種問題。

「居然偷看別人家裡面，真是個壞小孩。」

「那不重要，你們去風子家調查屋子裡面啦。你們要找到她的阿姨，問她狀況。風子被阿姨在浴室裡面分屍了，所以玻璃珠才會在那裡。被風子吞下去，應該在她肚子裡面的東西，怎麼會出現在浴室？」

沒有一個大人把我的話當一回事。他們皺起眉頭，看我的眼神就像在看某種恐怖的東西。

「風子的阿姨很壞，從很早以前就一直虐待她，還把風子心愛的雞在她面前砍頭。那支斧頭會被洗得乾乾淨淨，是因為沾上了不能被人看見的血污。」

「你是不是作惡夢了啊？正常的大人才不可能在小孩子面前把寵物雞砍頭。」

警察規勸我說。

「那我拿給你們看，我有證據。」

我進入位在屋內深處的自己的房間。榻榻米房間散落著白色羽毛和點點雞屎。京太郎在書桌底下，像要藏起兩隻腳似地蜷在那裡。除了脖子斷面的肉泛黑以外，全身都是純白的。斷面的小洞開始「波波」蠕動，被推出的空氣透過洞口噴出來。應該是自以為在啼叫吧。我抱著京太郎返回玄關。

警官前往水野風子的家，深夜時分，在車庫發現血滴。是風子的血從後車廂漏出來了。血跡點點延續在凍結的石子路上，循著血跡，可以知道車子去了哪裡。隔天找到車子了。車子停在深山杳無人跡的地方，滿代在那附近焚燒被分屍的風子。

正要把黑色垃圾袋丟進熊熊燃燒的汽油桶時，滿代被警察叫住了。她把袋子扔向警察，大聲嚷嚷著逃跑。她跑得很慢，但臂力很強，警察抱住她，也被她甩開來。滿代像猛獸般張牙舞爪反抗，警察嚇得難以靠近。但幾名支援人力趕到，總算制伏了滿代，將她拘束起來。

滿代只有一個地方失手了，那就是垃圾袋破了洞。她為了避免屍塊滴血，用垃圾袋包起來，放上後車廂，載到深山。如果垃圾袋沒有破洞，血也不會流出來，在路面留下印記。

我知道，那些洞是風子自己開的。風子把將無頭雞抱來我這裡時用的垃圾袋，又收回了原處，而滿代不知情地又拿來使用。為了不讓無頭雞窒息而開的氣孔，告發了滿代的所在。

事後聽說，風子好像是凍死的。她一整晚被關在雞舍裡，活活冷死了。

滿代遭到逮捕後，說法顛三倒四。警察耐性十足地反覆詢問，得知了當晚的詳細情況。那天晚上，滿代一如往常惡意刁難，斥責風子。她把風子塞進雞舍裡，上了鎖不讓她跑出來。平常的話，風子都會冷得發抖，一下子就哭著求饒。但那天她卻沒有這麼做。

風子用憐憫的眼神看著滿代，說：

「阿姨總是奪走我珍惜的東西。可是，這是沒辦法奪走的。只有我心中的這份感情，是連阿姨也絕對搶不走的。」

感情？

風子守護的感情究竟是什麼？和我內心所懷抱的，是一樣的感情嗎？

因為風子不肯哭著道歉，滿代把她丟在雞舍裡。結果風子沒有呼救，也沒有哭，以全身冰涼的狀態迎接了早晨。

水野風子的命案，被視為管教過當的過失殺人，僅讓社會輿論喧騰了一下子。但無頭雞京太郎不被允許在媒體上曝光，也沒有讓附近的人看到，在我房間旁邊蓋了一間雞舍，悄悄地養在那裡。漸漸地，無頭雞成了單純的流言。

每當入夜，雞舍就會吵鬧起來，把我從睡夢中吵醒。每次我都打著哈欠，穿上外套，從簷廊出去外面，把那傢伙從雞舍放出來，在外面自由行走。牠看起來想要出去，應該只是我的心理作用，因為牠又沒有頭。但我還是想要這麼做。

我在月光中追逐著生著翅膀的一團白羽毛。走出祖母家的土地，經過曾經和風子一起散步的地點，在沒有任何農作物的旱田漫步。牠那模樣看起來也像是在尋找失去的腦袋。之所以會這麼想，一定是因為我自己就是如此。

滿代在拘留所自殺了，是職員不注意時發生的事。有些事她沒有說出來，就這樣帶進墳墓裡了。其中之一，就是風子的頭的下落。

滿代在浴室將風子的屍體肢解。但是滿代被逮捕的時候，只有風子的頭沒有找到。滅掉熊熊燃燒的汽油桶裡的火，調查內容物，也沒找到疑似頭蓋骨的東西。車上的鐵鍬沾著村子的泥土，因此有人說可能只有頭被埋在某處了。警方派出大量人力搜索風子的頭，但目前還沒有成果。

我也在村子裡四處徬徨，尋找著風子的頭。雜木林裡、田裡、河畔、山坡，一整天都在仔細尋找有沒有被挖掘過的痕跡。不分晝夜，想到的時候我就會離家，到處走動，不錯過凍結的地面任何一點蛛絲馬跡。祖母、父親和老師們都很擔心我，但只要找到風子的頭，我就能恢復原本的樣子了吧。我需要的是風子的頭。有著顫動的睫毛、形狀美麗的眼睛、乾燥龜裂滲血的嘴唇的，水野風子的頭。

「京太郎。」

我對無頭雞說。

「要去哪裡？該去哪裡才好？」

凍寒的夜晚，吁氣成雲。村子裡的路燈寥寥無幾，因此只要天晴，天空便會浮現出無數的星辰。在幾乎像要傾注而下的星空底下，我和無頭雞信步朝想去的方向走去。茫漠空寂的大地，極目四望，無邊無際。我伴隨著失去了頭的雞，永無止境地在夜裡徬徨。

酩酊　科　幻

1

我寫的都是恐怖小說，但偶爾也寫科幻小說，尤其喜愛創作所謂的時間科幻作品。時間科幻是以時間為主題的故事，比方說搭乘時光機旅行過去或未來，在旅途中遭遇麻煩，或因為某些原因，造成特定的某一天不斷地重複。大學學弟N會聯絡我，就是因為我寫過幾篇這類小說。

「學長，我有事想跟你商量，可以請你抽空跟我碰個面嗎？」

我社群網站的帳號收到這樣的私訊，和他約好隔週在吉祥寺一家居酒屋碰面。

我們先點了啤酒乾杯，互道近況。N是年近三十的青年，印象和大學時期沒什麼變。穿著洗得變形的T恤和牛仔褲，踩著有點髒的運動鞋。大學的時候他有在玩樂團，但他說現在已經遠離音樂了。

我會和N認識，是因為認錯人。當時大學有個和他長得很像的學生，叫做S，我和S是同班同學。某天我在校內叫住S，要還他筆記，但他的反應怪怪的。對話牛頭不對馬嘴，他的態度就像第一次見面。講了一會兒後，才發現他根本不是S，而是小我們一年級的別人，叫做N。此後我也和N變成朋友，直到今天。

「我想跟學長商量的事，就是我也想要寫小說。」

閒聊了一陣後，N說道。

「我有個感覺可以寫成小說的點子，可是不知道要怎麼寫才好，所以想跟學長請教看看。我說的點子，是利用時間的科幻題材。我現在有個同居女友，她說『這應該可以寫成時間科幻小說』。我記得學長寫過幾本那類作品吧？」

我們續點了啤酒，我問N讓他湧出創作衝動的小說題材是什麼。

「就是有個女人，會喝得酩酊大醉。然後她會神智不清，也搞不清楚現在是幾點幾分。會有這種事對吧？可是那個女人，是會真的發生時間的混濁。」

時間的混濁？

「對。看看時鐘，假設是九點十分，可是不經意地別開視線，再看的時候就變成八點四十五分之類的。不是看錯，而是就像酩酊大醉意識混濁那樣，她是真的時間前後混亂，迷失到偏離現在一點的時間裡。」

就像步履蹣跚那樣，意識在時間軸上前後踉蹌，是這種感覺嗎？

「醉意散去，女人的意識恢復清醒之後，時間的混濁也會消失。所以那個女人可以看到的，就只有清醒之前、酩酊的那段期間而已。清醒之後，她的意識會再次固定在時間的流動裡。只有在酩酊開始到酩酊結束的範圍內，她可以看見混濁的過去和未來。可是我不知道要如何擴充這個點子，讓它變成小說……」

我聯想可以從這個點子發想出來的故事。比方說，因為窺見了未來，將某人救出困境的發展如何？因為喝醉了，即使想要去救人，卻連走路都走不好，也無法開車，就算向別人求救，也一定會被當成醉鬼在瘋言瘋言。在編排劇情的時候，主角具有劣勢是很好的。可以安排危機，酒這個道具也能發揮功能。

但N想要不同方向的作品。

「不能利用這種能力，讓主角賺大錢嗎？」

確實，如果能看到未來，也可以讓主角利用這種能力大賺一筆吧。我提出幾個點子。其中利用賽馬賺錢的點子我覺得相當實際，立刻就可以寫成故事。

「賽馬嗎？」

現在可以透過網路輕鬆買馬券。只要有電腦或手機就夠了。人不用親臨現場，一直到開賽幾分鐘前，都可以透過線上購買馬券。但這種做法需要有人協助。

首先讓女人喝醉，接下來協助者問女人：

「剛才那場比賽的名次是？」

實際上比賽還沒有開始，卻問「剛才的比賽」結果。女人應該能夠說出馬匹的名次。然後協助者再透過網路，購買下注馬券就行了。

各馬入閘，同時起跑，賽馬場陷入激情的漩渦。賽馬載著騎手彎過彎道向前衝刺，然後抵達終點。

不知為何，下注的馬券全中了。

「為什麼會中？」

因為比賽結束後，協助者會對著喝醉的女子耳朵說出賽馬的名次。酒醉中的她的耳朵，等於扮演了時光隧道的角色。由於她的腦中發生了時間混濁，因此可以把賽後聽到的話告訴賽前的協助者。

雖然是推論，但酩酊狀態的她，沒有過去或未來。賽前和賽後的世界，都同等地存在於她的周圍。只要利用這一點就行了。

「這樣真的能猜中馬券嗎？」

喝啤酒喝到醉的N以半信半疑的眼神看我。我提議說，乾脆由我來寫這個點子如何？

「不不不，我來寫。剛才的點子我會試試看！」

試試看？他的說法讓我覺得有點奇怪，但我解釋為是「我會試著寫寫看」。我們又喝了幾杯日本酒，離開店裡。我買單請客，N低頭惶恐不已。

後來我把和N喝酒的事告訴我們共同的朋友，對方擔心：「他是不是跟你借錢？」我並不知道，但N似乎背了債。聽說他沒有工作，讓同居女友養他。當時我在想，或許N是想要寫出暢銷小說，讓人生來個大逆轉。

半年過去了。這段期間N都沒有聯絡，因此我也不知道他有沒有在寫小說。我都快忘了和他見過面的某個午後，我們在街角偶遇了。

當時我剛離開蕎麥麵店，被豔陽刺得瞇起眼睛，正在返回工作室的路上。

「學長！」

聽到聲音回頭一看，路上停著一輛黑頭高級車。N坐在駕駛座上，向我點頭致意。我大吃一驚。他開的車，表面光亮得幾乎可以當鏡子。

「這臺車怎麼樣？剛買的新車喔。是我的車。學長，我有話想跟你說，請上車吧！」

他做出「請」的動作，指示我上後車座。

2

N開著車，進入首都高速公路。他說是沒有目的地、享受新車車感的兜風。我坐在後車座的皮革座椅，盯著N握方向盤的手。他的手上戴著一只金光閃爍且沉甸甸的手錶。之前我聽說他缺錢，那應該是搞錯了吧。

「學長，之前真是謝謝你了。我能買下這部車，也全多虧了學長。」

車子穿過大樓隙縫般，行駛在高速公路上。

「我照著學長說的做了，從怎麼買馬券開始從頭學習。」

買馬券？那不是小說題材嗎？

「馬券有很多種類呢，我試著買了叫做三重彩的。」

三重彩，正式名稱是馬匹編號三連勝獨贏馬投票法。也就是圈選一、二、三名的馬號名次的投注法。因為不好中，因此彩金特別高。過去應該有過一百圓的馬券變成三千萬圓的比賽。

「結果真的中獎了，而且不只一次。太簡單了，存款一下子就變多了。我把彩金設定成匯進帳戶，看到ATM的餘額顯示，還以為機器壞掉了。」

N變換車道。林立的大樓隙縫間出現海景。

「我向學長撒了謊，我並不是想要寫小說。我告訴學長的小說題材，並不是我想到的虛構的點子。我說的那個喝醉酒時間就會混濁的女人，就是我的女朋友。」

他現在和一名叫F的女子交往，也同居了。在經濟上也都依靠她。

「我是大概一年前發現F的能力的。她本來是不喝酒的人。可是有一天我打小鋼珠狂贏，想要在家喝個酒慶祝，就買了一堆酒。我把店裡貨架上的利口酒那些全部掃進購物籃裡，在家為她調了雞尾酒。我沒在酒吧工作過，只是依靠直覺，隨便把幾種酒亂混一通。可是她愛上了我調的酒。」

然後F喝得爛醉。神情迷茫欲睡，和她說話，也含含糊糊。

「這是我第一次看到她喝醉。可是一會兒後，她開始說起莫名其妙的話來。她盯著我的酒，說：『咦？這杯子剛才不是破了嗎？』她說她剛才看到那只杯子掉到地上摔成碎片的場面。我笑說她是喝醉酒作夢了吧。可是我錯了。這段對話十分鐘後，杯子就從我的手中滑落摔破了。就和她說的一樣。」

杯子碎片散了一地。

她一臉迷濛地看著這一幕。

「當時我覺得只是碰巧被她說中，可是後來也發生了類似的事。有時她會看著電視，搶先說出接下來要發生的事。我問她時間，有時候她會說十分鐘前的時間，有時候則是十分鐘後的時間。後來我們一起喝酒，漸漸理解了喝醉的她發生的奇妙狀況。」

開始酩酊後，直到清醒的這段範圍內，她的意識會在時間裡遊蕩。N說這就類似意識的混濁，無法控制。幾分鐘前和幾分鐘後雜亂並陳在她眼前。

恢復清醒的狀態後，時間便開始回歸正常流動，因此不會對生活造成妨礙。即使被睡魔侵襲，中間隔著短暫的睡眠，只要酩酊狀態仍然持續，就連打瞌睡醒來後發生的事，都能在打瞌睡前預先窺看到。

「我們想得很輕鬆，只覺得世上也有這種怪事。還說要是能在宴會場合拿來表演就好了，一定能博得滿堂彩。就在這時候，我向朋友借錢的事被她發現了。F很生氣，叫我去工作。可是我討厭工作。這時F說：『你把它寫成小說怎麼樣？這應該可以寫成時間科幻小說。』聽到這話，我想到了學長。以前學長的作品裡面，不是有一篇是主角時光旅行回到過去嗎？主角在筆記本寫下股票名稱和價格變動，交給年輕時候的自己對吧？主角試著用這種方法賺大錢。所以我想，只要請酩酊狀態的F協助，或許也可以做到類似的事。」

但他想不到具體的方法。因此他聯絡我，謊稱有個小說點子，想要找我討論。

半年前，N從我那裡聽到利用賽馬賺錢的點子，和F一起執行了計畫。先讓F喝到酩酊大醉，接著詢問即將進行的比賽的結果，於是她一臉迷茫地說出了三個數字。是一到三名的馬號。N立刻透過網路購買馬券，結果真的全中了。

「驚奇和開心，讓我的腦袋一片空白。我得把比賽結果告訴她，卻連聲音都發不出來。幸好電視的賽馬轉播不停地重複比賽結果，所以她好像聽到了。」

在時間混濁狀態的她的眼前，同時存在著比賽結束後和開始前的世界。她成功地將賽馬轉播的結果帶給了過去世界的N。

兩人得到了一大筆錢——靠著我的點子。

「學長，請讓我分紅一些給你吧。我和F討論決定了。學長也有分紅的權利。我們三個人就像一個團隊吧？」

我被任意當成團隊的一分子了。不過太好了。雖然我並不怎麼缺錢，但N沒有把我用完就丟，還是很看重我，令人開心。但是我拒絕了他的好意。

「咦？為什麼？」

車子行駛在彩虹橋上，漂亮的景致擴展在眼前。

我婉拒了分紅，但提出了另一個條件，也就是我想見見F。能不能讓我見證窺見未來的那瞬間？如果真的有人類的意識從時間的洪流解放的現象，這對我來說，是無比浪漫的事。我愛好時間科幻這個類別，但早已放棄親眼目睹這類現象的奢想。即使只有意識也好，若是能夠飛向過去或未來，對於像我這樣的人來說，完全就是福音。就像是魂牽夢縈的事物、以為不存在的事物，突然出現在觸手可及之處。

「什麼？這樣就夠了喔？」

還不能排除這一切都是N安排的壯闊騙局的可能性。只要見到F，就能確定真假了吧。

但我也並非沒有一抹不安。也許是因為寫小說這個職業的關係，我會忍不住參考過去形形色色的故事來看世界。比方說像N這種一夜暴富的人，大多數的情況，都會在最後迎向破滅。因為這是古今東西故事的鐵律。

3

那場兜風幾天後，我正在工作室寫作遇到瓶頸，手機突然接到電話。螢幕上顯示N的名字。是要聯絡讓我見F的事嗎？但電話另一頭傳來的，卻是他迫切的聲音。

「學長！學長！救救我！」

他似乎整個人方寸大亂。聲音的背景有女人啜泣的聲音。是F嗎？我安撫他，要他冷靜下來，問他出了什麼事。

「呃，我也不知道該從何說起……我就像平常一樣，問喝醉的F賽馬結果……結果出了怪事……」

兩人似乎在他們同居的F家。他說他們在公寓住處，今天也想利用酪酊帶來的時間混濁，海撈一筆。N看著賽馬轉播，製作調酒，F喝了那酒……

「整個莫名其妙啊。她說，她看到我倒在地上。」

距離比賽開始不到十分鐘了，購買馬券的截止時間逼近了。N問F馬的名次，F卻突然大喊N的名字。

「她說我渾身是血，倒在地上一動不動……她這麼說耶！這太奇怪了吧？」

N說接著F就哭了起來。他不知道如何是好，也沒法買馬券，比賽開始了。沒賺到錢的不甘心過去之後，N漸漸害怕起來。如果F看到的景象是不久後的未來，那麼接下來他就要渾身是血地倒在地上了。他陷入混亂，然後想到了我。他心想或許我會有某些化解之道，懷著求救的心情打電話來。

「學長，我會怎麼樣？接下來會發生什麼事？」

資訊太少了。渾身是血地倒在地上？是受傷了嗎？是什麼傷？

我請他把電話交給酩酊狀態的F。這是我第一次和F說話。我豎起耳朵聆聽手機裡的聲音，傳來抽泣的聲音。我出聲叫F的名字，聽到她因為酒精而口齒不清的聲音：

「……那、那個……電話……換我聽了……」

我提出問題：妳看到什麼了？

「……不知道……很多血，大概是他的血，整個房間都是……我不知道為什麼，在別的房間喝醉……走到客廳，看到他趴著，倒在地上……」

我詢問血量，F說很多。她忍不住放聲大哭起來，電話再次回到N的手裡。

「我該怎麼辦才好？那個，我就快死了嗎？她看到這種狀況，表示就是這樣吧？」

真的是這樣嗎？

我回想F的話，她一次也沒有說N死掉了。這一點很重要，她只說N渾身是血地倒在地上。

她在酩酊狀態中看見了渾身是血的N。接下來她替N把脈，或是確定他有沒有呼吸了嗎？是否掌握了出血部位的狀況或受傷的原因？正常來說，應該會很想問出詳情，但我沒有這麼做。

我刻意讓資訊維持鬆散的狀態。因為我覺得如果詢問F詳情，未來就會朝她所說的狀況收束。

「學、學長，我還不想死。學長，我、我……」

N也哭了起來。成年男子號哭的聲音，讓我感到如坐針氈。

「我把賺來的錢一半都給你！所以學長，拜託你救救我！」

……被逼到這種地步，也只肯拿出一半嗎？我從大學就認識N這個人，他是出了名的小肚雞腸。什麼成就都沒有，總是半途而廢。成天講喪氣話，只能依靠別人而活。但這樣的人，更能引起我的共鳴。這一定是因為我自己就是個沒什麼才幹的人。

我向他提議。先讓F喝更多的酒，快點做她喜歡的調酒給她喝。

「為什麼？」

F能看到的未來，範圍只有酩酊開始到清醒之間。既然如此，讓酩酊狀態拉得愈長愈好。如果就這樣不喝酒，比方說三十分鐘後酒醒的話，就等於N渾身是血的未來，將會在三十分鐘以內造訪。如果讓她繼續喝酒，延長酩酊狀態，或許可以延遲這樣的未來成真，來爭取處理問題的時間。我淺顯地說明，N也理解了我的意圖。

「我馬上去做！」

沒有食譜、N憑直覺調製的原創雞尾酒端給了F。F似乎也理解繼續處在酩酊狀態的重要性，喝了雞尾酒。

或許往後一輩子都讓F當個酒鬼，就可以避免毀滅性的未來？我想到這個做法，但這才是登峰造極的壞結局。我甚至沒有見過F，但與其讓F的未來陷入不幸，犧牲N的性命更要來得好多了吧。

「學長，有方法可以救我嗎？」

不知道，或許有什麼漏洞可以鑽。我如此回答。

「只要能活命，我什麼都願意做。」

那，我可以把這件事寫成小說，登在《文藝角川》上嗎？

「當然可以！」

太好了。我接到邀稿，正想不到想寫的小說題材。如果可以寫這次的事，就幫了我一個大忙。

我提起幹勁，說出往後的方針。重要的是，讓F維持不確定她看到的是什麼的狀態。在不連續的時間洪流中，她只是目睹了未來的一小塊碎片。不知道N為什麼會變得渾身是血。資訊的匱乏就是漏洞。

「什麼意思？」

F並沒有看到N斃命的瞬間，只是看到他渾身是血地倒臥在地。我們可以主動演出符合這個景象的狀況。具體地來說，就是利用大量的假血，布置成渾身是血的樣子，藉由演出N倒在地上彷彿死掉的場景，來創造出她窺見的未來一幕。

「也就是我假死來騙F嗎？」

我擔心F會聽到N的聲音，叫N小聲點。

F的資訊有許多漏洞。她沒有說出N是不是真的死掉了這個關鍵資訊。既然如此，即使N是假死，與她看到的景象也不矛盾，未來應該會朝這樣的狀況收束。

「……好，我試試看。」

電話另一頭傳來N立下決心的聲音。但是很快地，他的決心亦徒勞而終。

深夜兩點，F看到了屍體。我聽說她是在前一天的下午兩點喝了雞尾酒，進入酩酊狀態。也就是她維持了約十二個小時的酩酊狀態，雖然其中也包括了睡眠時間在內。

那天F到底看到了什麼？事發後過了一段時間，我總算從本人口中直接聽到狀況了。

4

我在神保町的咖啡廳裡。昏暗的店內，香菸的煙霧如霧靄般繚繞著。我正喝著咖啡，店門一開一關，一名年輕女子步入店內。她的視線在店內飄移，停在我身上。

「謝謝你抽空見我。」

F走近我的座位，低頭行禮。F長相溫柔，是個很可愛的人。我請她在對面坐下，我也一樣想見她，我很想知道那天發生了什麼事。

「我依然愛著他。」

她的眼角泛起淚光，她似乎還不習慣少了N的生活。

「時間一開始混濁，我的眼睛和耳朵就會突然像暈開來一樣，模模糊糊地變成另一個場面。那天，我看到渾身是血地倒的他，是在賽馬比賽剛開始之前。」

那是十二個小時後的未來的片段畫面。等到一切結束，能夠去俯瞰整個狀況時，才瞭解了這件事。

後來N聯絡了我。我和N討論接下來的挽救之道，我急忙上網搜尋如何製作假血。必要的材料有紅色食用色素，蜂蜜或麥芽糖。N出門去買這些東西。

「我能夠做的，就只有維持酩酊狀態。我被扶到臥室去，喝著他做的調酒。他說要去買酒，出門去了，後來我才聽說，其實他是去買做假血的材料。那個時候我聽著音樂，拚命把那可怕的一幕從腦海中趕出去。我喝到連站起來都會失去平衡感的地步。房間和天花板就像海裡面的海藻一樣開始搖擺，後來我的意識一次又一次超越時間，四處徬徨起來。」

她聽的音樂不知不覺間變了。還沒播到副歌，就變成了別的曲子。不是音樂自動跳播了，是聽著音樂的她移動到別的時間，所以感覺音樂變得不連續。她說她的姿勢也不一樣了。明明應該躺在床上，卻在不知不覺間坐在地上。窗外也是，剛才還是亮的，下一秒卻變得一片漆黑。那天她在臥室裡待了很久，各種時間片段出現在酩酊狀態的她面前。

然後，她終於看到剛才那一幕的後續了。

「應該在臥室聽音樂的我，不知不覺間站在客廳。渾身是血的他倒在眼前……」

F說她這次走近他，搖晃了他的身體。她哭喊他的名字。他的身體已經冰涼了，顯然是死了。脖子被菜刀割開，可以清楚地看到傷口。從頸動脈噴出來的血，甚至濺到天花板形成血漬。

是死是活？原本維持曖昧狀態的他的未來，由於F的觀測，朝著毀滅性的方向收束了。

「《狂人皮埃羅》這部電影中，尚．保羅．貝爾蒙多把臉塗成了藍色，對吧？就像它的紅色版一樣，他整張臉都沾滿了血。」

她窺見的是只有短短十幾秒的未來，卻完全足以摧毀我和N的計畫。因為躺在地上的毫無疑問是一具屍體，而不是能用假血偽裝的東西。

F向買了假血材料回來的N報告了。說他的死因是被菜刀割開脖子，失血而死。N再次打電話給我時，他的聲音在發抖。

「學長，我果然還是會死掉嗎？」

原本有漏洞的資訊，以毫無退路的形式被填補起來了。我聽著他的話，忍不住抱頭。

沉默之後，我提出新的建議：把F帶到另一個房間，製作大量的調酒給她，讓她持續維持在酩酊狀態。然後趕快收拾行李，遠走高飛。

我把希望寄託在未來能夠改變。以時間為主題的故事中，角色所目擊到的未來，並非堅不可摧。有時候主角們的行動可以讓現實切換到不同的世界線，讓未來發生變化。

這次的情況，N死在F的公寓。既然如此，如果N現在立刻離開公寓，兩、三天都不回來，會怎麼樣？在F還處於酩酊狀態的期間，離家遠遠的。如此一來，應該就不可能發生N死在公寓的狀況了。

「……我試試看。」

N把衣物和錢包塞進旅行袋裡，做了好幾杯調酒留下，好讓F盡量長久地維持酩酊狀態，然後離開公寓。

「我聽見他開關門離開的聲音。但我還是聽從他的吩咐，待在臥室裡，繼續維持酩酊狀態。漸漸地我睏了起來，就這樣睡著了……」

未來一定會朝她看到的光景收束嗎？或是有辦法憑我們的意志，扭曲它的結果？這是個賭注。面對命運這巨大的洪流，渺小的人類究竟能夠抵抗到什麼程度？我也不知道。N離開的時候，我坦白地告訴他。不管逃得多遠，都無法保證能夠放心。或許會被時間內含的強制力攫住，無論自己的意志怎麼想，都會不容分說地回到家，被死神割斷脖子。但你還是必須挺身對抗，為了活下去。

「我懂了。學長，謝謝你，我想要反抗看看。」

這是我們最後一次通話，N就此音訊全無。我打電話過去也沒人接，因此我在工作室等他的報告。但是入夜以後仍然杳無音訊。我無心工作，但也不方便喝酒，從工作室的窗戶俯瞰著夜晚的街道。

隔天早上我接到警方的電話，得知了毀滅性的結局。

F說她現在仍愛著N。

「我在深夜醒來，發現屍體的瞬間，感覺就好像陷在漫長的既視感當中。和在時間混濁的時候看到的情景一模一樣。我從臥室走到客廳，結果看到那可怕的一幕⋯⋯」

被菜刀割開脖子的屍體化成千真萬確的現實，呈現在她的眼前。如同在酩酊狀態中看到的那樣，她哭喊著他的名字，搖晃他的身體。

「可是我弄錯了。因為整張臉都是血，我一時沒有認出來。摸到被血凝固的頭髮，我才發現那耳朵是陌生的形狀。」

我忠告N離家遠遠的，絕對不要回去。但根據警方的調查，N忽視了我的忠告。

據說他離家以後，立刻陸續聯絡大學的朋友，尋找以前同一所大學的S現在在哪裡。S是我的同學，以前我常跟他借筆記。我會認識N，完全就是因為S。他們兩個長得非常像，甚至必須聊上幾句，才會發現是不同人。

S大學畢業後也住在都內。N透過朋友查到這件事，幾小時後，他試著聯絡S。S事業不順，正窮困潦倒。N好像拿金錢當誘餌，委託他一件事。

「我女友生日，我想安排一個整人計畫，所以在找跟我長得一模一樣的人。突然拜託真不好意思，可以請你現在來我家一趟嗎？」

N搭乘計程車，把S帶回F的公寓。他無聲無息地從玄關進屋，和S交換衣物，前往客廳，接著拿菜刀割斷了S的脖子。動脈噴出來的血甚至濺上了天花板，形成血漬。F在臥房睡得不省人事，說她沒聽見聲音。

深夜兩點，發現屍體的F報警，警察出動了。很快地，警方在附近的公園發現N，將他逮捕。據說N毫無悲愴的模樣，眼睛炯炯有神，一臉滿足，彷彿達成了某些成就，因此警察就像對待精神病患一樣處置他。

F喝了口咖啡：

「等一下我要去探視他。我能在酩酊狀態看到未來這件事，結果警方不肯採信，這讓我有點遺憾。不管說明多少次，都無法讓他們聽懂。他們還懷疑我嗑了藥，要我驗毒。」

N的犯罪動機讓警方大為頭痛。為什麼N非殺死S不可？N和F說明酩酊狀態時的時間混濁，但被警方解釋為作案的衝擊造成精神混亂，不被採納。不過警方留意到N對S的提議，也就是支付酬勞，要S扮演他的委託。

或許N把S請到公寓後，雙方發生金錢糾紛，發展成爭吵，導致N衝動之下失手殺人。以現實來說，這種解釋更容易理解，似乎也滲透到警方之間。S這個人的形象，也提高了這個說法的可信度。S在過去也曾與人發生金錢糾紛，而且性情暴躁，曾經對家人施暴。

成為被害者的S是個不幸的人。得知內情後，我心痛不已，也對他被留下的妻兒感到虧欠。我回想起學生時期的他，鬱悶不已。F也對他的死感到自責。N必須支付被害者家屬大筆賠償金，靠賽馬賺到的資產，有大半都拿去賠償了。

「可是，我實在不懂。」

F納悶地說。

「發生那種事以後，我決定再也不喝酒了。可是只有一次，為了證明真的會發生時間混濁，我必須在刑警們面前喝醉。我在警察署的一個房間裡，特別獲准喝酒，一直喝到醉，可是卻沒有發生時間混濁。雖然都醉到站不穩了，時間卻確實地維持著連續性……或許那種特別的力量已經消失了。」

那個時候，妳喝的是什麼酒？

「市售的罐裝雞尾酒。」

我尋思了一下，想到了一個可能性。或許F從一開始就沒有什麼可以在酩酊中窺見未來的能力。

「可是，賽馬真的以不可能的機率猜中了。」

所以也就是說，擁有特殊能力的或許其實是N。

「是他……？」

F在酩酊中發生時間混濁的時候，喝的都是N製作的調酒。她沒有喝過除此之外的酒。N被逮捕後，F即使陷入酩酊狀態也看不到未來，會不會是因為喝的是市售的酒精飲料？會不會是N隨手摻雜各種利口酒攪拌而成的調酒，才是讓人類的意識從時間軸解放的時光機器？

F露出複雜的表情。是一種快忍俊不禁，同時又像快哭出來的表情。

暫時是無從確定了。其實N被逮捕後，被收容在醫院裡，只要有人提到酒精，他就會摀起耳朵。但聽說精神狀態穩定，神情也比以前平靜了。

「如果他的調酒留下了酒譜，每個人都可以重現的話，一定會是世紀大發現。但沒有那種東西應該比較好。所以這是最好的結局了。」

說完她站了起來，說探視時間快到了。咖啡由我請客。F向我低頭行禮，打開咖啡廳的門，走出明亮的陽光中。

被窩裡的小宇宙

1

小說家這種人，遭遇類似靈異現象的比例相當高。據說是在寫稿時，心神會變得敏銳，因此在日常生活中層層貼合上去的心靈武裝會脫落下來，引來靈異的事物。我忝為作家之一，和同業作家打交道的過程中，也自然會聽到不少他們體驗到的奇妙異事。其中也有些無法介紹，但我想將其中幾則，在不致引發問題的範圍內記錄下來。這次是T的體驗。

T最後出版作品，是約十年前的事了。他的作品不算暢銷，但書評家都讚譽有加，也有許多同業的書迷。聽說以前他在美術大學攻讀油畫，閱讀他的小說，也確實會鮮明地浮現出書中的場景。當他寫作以不知道存在於何處的異界為舞臺的作品時，風景描寫總是出類拔萃。一連串清楚直截的詞彙，編織出豐潤的世界觀。他就像畫圖一樣地寫小說，在讀者的心胸永遠地烙下印象十足的場景。但遺憾的是，也許是因為故事情節模糊難懂，他的書很少再刷。

在餐會場合遇到T時，他因為寫不出小說，看起來相當痛苦。他自嘲說沒有版稅收入，連家人都快放棄他了。他已經結婚，有個讀國中的女兒。

「其實我不想來參加今天的餐會的。」

T以凹陷的眼睛看著我們。那雙眼睛黯淡無光，一片混濁，泛著死亡的氣息。那是一場作家餐會，但其中只有他一個人將近十年都沒有新作品了。

「我本來想拒絕，因為只會讓自己自慚形穢。可是我女兒想要N的簽名。」

N是不斷推出暢銷作的作家，他的作品尤其受到國高中生歡迎。他也以創作神速聞名，一年應該都會出版五本以上的作品。T就是聽說N會參加餐會才會出席。他從皮包裡取出簽名板和筆，要了N的簽名。

「N老師，謝謝你⋯⋯」

他珍惜地抱著簽名板行禮。

我們問T，他無法創作的原因到底是什麼？

「大概是想寫的東西都寫完了吧，我的腦袋整個空空如也。」

聽說那場餐會後不久，T的妻子就提出離婚了。我從認識的編輯那裡聽到這件事。

小說這東西，是會突然毫無理由地寫不出來的。我也遇到過撞牆期，覺得自己寫的小說無聊透頂，失去一切動力，擠不出文字來。寫不出東西的作家，就只是個無業遊民。只會坐吃山空，沒有其他收入，但事到如今也不想另謀他就。懷著什麼都好，總之得擠出點東西來的念頭坐到電腦前，卻連一行字都生不出來，好幾個小時就這樣虛度。

寫不出東西時該怎麼辦？這是作家同業聚在一起，都一定會聊到的熱門話題。有人說會暫時停止寫作，沉浸在電影或音樂中。有人說會去從事慢跑等運動，轉換心情。有人會換別的文書軟體寫作，也有人乾脆試著用原子筆在筆記本寫作。每個作家都想出各自千奇百怪的轉換心情之道，來對抗撞牆期這個惡魔。

但T面對的是長達十年的低潮，他的症狀相當嚴重，應該不是一般方法可以突破的。或許T會就這樣再也寫不出小說，從出版界消失。我有這樣的預感。不只是我，同業作家、編輯，甚至是他以前的讀者，應該都這麼認為。

某天，我聽到T發表了新的短篇小說的消息。說他在某部文藝雜誌刊登了短篇。我在認識的作家推特看到這件事，買了平常不會買的那本文藝雜誌。

上面確實有他的作品。那毫無疑問是T的文字。那是一篇描寫在看不出是現世或彼岸、朦朧虛幻的世界裡徬徨的人們的故事。故事主軸依然模糊不清，但特出的詞彙在我的腦中建構出獨特的世界觀。紫色的夜晚、金色的麥田，角色眼中的景色，從文字彼方逼近眼前。

我激動萬分，寫了感想傳到T的電子信箱。他再次提筆寫小說了。雖然短，但完成了一部作品。這太值得欣喜了，我也問他是如何脫離低潮的？

隔天，我收到了T的回覆：

「謝謝你的感想。我正在撰寫下一部作品。寫作讓我心醉神迷。要不要約個時間碰面？最近我遇到一樁怪事，非常想要找人說說。這件事與我會再次提筆寫小說，也不無關係。」

我決定請T吃頓飯。如果能得知對抗低潮的特效藥，請一頓飯根本太划算了。

2

我和T約在吉祥寺站北口碰面，進入一家居酒屋。我們喝著啤酒，閒聊並互道近況後，我針對他前些日子發表的短篇說出感想。他說他收到的迴響還不多，但聽說有年輕時讀過他的作品的讀者寫了很熱情的訊息給編輯部。責編好像把它印出來交給T。

「……真的太好了。啊，啤酒真美味。」

T的神情很明亮。以前那種死亡的氣息徹底消失了。

「這一切都要感謝那床被褥。」

他說。

被褥？我忍不住反問。

「就是睡覺的時候躺的被褥。我會又開始寫小說，是因為一個人搬出去住，買了二手被褥回來用。」

酒精招來了輕微的醉意。店內鬧哄哄，有時附近桌位的大笑聲會把T的話聲蓋過去。我留神聆聽他的聲音，因為我知道他要進入重點了。

「或許你已經聽說了，我老婆跟我離婚了……我什麼事也不做，成天賴在家裡，我老婆終於受不了我了。這也是沒辦法的事。我把我們的房子留給老婆和女兒，只帶著衣物、文具和手機搬出去了。」

T說他先在中央線沿線找到便宜的出租房間搬了進去。他拜託責編當他的保證人。那是一棟老舊的木造公寓，房間只有四張半榻榻米大，廁所共用，沒有浴室。T說如果流汗，就用水龍頭的冷水擦身體。

「我猶豫要不要把手機也解約，但幸好沒有這麼做。收到Y老師的感想時，我真的快哭出來了。」

Y老師就是我。同業裡面，我好像是第一個認真地寫下感想傳給他的。

「第一天晚上，我必須在沒有被褥的狀況下入睡。我直接躺在榻榻米上，用裝衣物的袋子當枕頭。如果是冬天，一定會很難受吧。」

他猶豫要不要聯絡前妻，向她要一床被褥。但一想到必須抱著被褥搭電車回公寓，就提不起這個勁。

「我去了附近的二手雜貨店採買生活用品。租屋處就只有榻榻米，所以一切都得重新買過。我一面物色店內的商品，一面往裡面走去，發現有一床中古的被褥。」

被褥裝在半透明像垃圾袋的塑膠袋裡，免得沾上灰塵。上面貼有標價，價格便宜到令人驚訝。就彷彿在說賣不出去的這床被褥在這裡占位置礙事，希望快點有人帶走它。

「我檢查了一下，看起來沒什麼問題，就把它買回家了。」

那是一套朱紅色布料的墊被和蓋被。上面有和風圖案，感覺原本是古色古香的日式豪宅裡使用的物品。T扛著那床被褥，回到木造公寓。

「如果那時候我沒有買下那床被褥，沒有走進那家店，我應該已經選擇了再也不寫小說的人生吧。我應該會找個願意雇用我這把年紀的人的職場，工作餬口。不，或許連工作都找不到，餓死街頭。也有可能承受不了孤獨，已經上吊自殺了。」

T把被褥掛在窗邊晾曬後，當晚便睡在裡頭。夾在墊被和蓋被的狹縫間，被褥的內部逐漸被自己的體溫烘暖。睡起來的感覺顯然不同於直接躺在榻榻米上。身體接觸地面的壓力被分散，T說感覺就好像躺在巨大的手掌上。

換成是我，我覺得二手被褥實在太可怕了，根本不會買。搞不好前任主人就死在床上，是家屬把那床被褥賣掉了。睡在那種寢具上，感覺會看到不好的東西。不過醫院使用的被褥，在住院病患死掉之後就會報廢嗎？應該也不可能，所以是我想太多了嗎？

我一面聆聽，一面喝著追加的啤酒。醉意上來，開始恰到好處地失去平衡感。T不知不覺間兩眼炯炯發著光，說個不停：

「那天晚上，我躺在被窩裡昏昏沉沉地就快睡著了。就在這時候，有東西碰了我的腳尖。」

碰？

「是個毛茸茸、溫溫熱熱的東西。如果有貓或狗蜷成一團睡在被窩裡，我的腳尖伸過去碰到，應該就是那種觸感。那毛茸茸的東西就像嚇了一跳，扭動身體，逃到被窩更深處去了。我跳起來開燈，立刻掀起蓋被查看，可是沒看到類似的東西。房間裡也沒有。門窗都關著，應該也沒辦法逃出去。我覺得自己應該是作夢了。可是不是的。第二天、第三天，每次我鑽進被窩裡睡覺，腳就會碰到東西……」

3

T是在開玩笑嗎？但他的態度嚴肅無比。

「第二次的晚上，我第一次自覺到出了怪事。那時候我想著前妻和女兒，鑽進被窩裡。睡了一陣子後，在被褥包裹中暖和起來的腳尖，忽然有股搔癢的觸感。就像麥穗抵在趾尖上晃動一般，是那種癢感。請想像坐在盪鞦韆上，在幾乎碰到麥田的高度擺盪，垂下的腳掃到麥穗的狀態。有點刺刺的，但又輕輕柔柔的，帶著千真萬確的感覺，刺激著皮膚神經。我吃了一驚，掀開被子查看。因為我猜想也許是在晾被子的時候，有麥穗被風吹過來黏在上面了。但我開了燈仔細查看，什麼都沒有。」

醒來之後好一陣子，那種觸感都還留在腳上。他的腦中浮現出想像的情景。

是放眼望去一望無際的金色麥田。

每天晚上都發生類似的事。鑽進被窩裡入睡，就會有東西闖進來，觸碰他的腳尖。

「感覺就好像被窩深處和另一個行星相連在一起。有一次，讓人聯想到龍鱗的又硬又刺的皮膚刮過腳底，掠過被窩裡面離去。另一個夜晚，趾尖碰到長了青苔、冰冰涼涼帶著水滴的岩石表面。一開始我都會嚇一大跳，立刻掀開被子，確定什麼都沒有，但不知不覺間開始習慣，有餘裕去享受各種觸感了。」

他決定將這些體驗仔細記錄下來。記下感受到的膚觸，以及在心中喚起的情感，每次重讀，就會回想起當晚的事。也許這成了寫小說的復健活動。

「或許那床被子就類似曲速引擎，只要鑽進墊被和蓋被之間，腳尖就會探進某個未知的場所。或者是潛藏在我內心深處的世界，在迷濛睡去的同時，化成實體，只出現在被窩當中？也許夢與現實的境界線，在被窩裡變得曖昧不明了。」

他開始幻想存在於被窩裡的異界。那是什麼樣的場所？有什麼樣的生物？有什麼樣的景色？在沒有家人的四張半榻榻米房間裡，T一個人長時間耽溺於幻想之旅。

「有一次我忽然靈機一動。我想要把只有我能觸碰到的那個世界，變換成創作物留下來。」

邂逅故事的萌芽時，我們作家會被幸福感所籠罩。故事會從空無的黑暗中浮上來，以模糊的狀態飄蕩在作家的意識周邊。如果不立刻伸出雙手，避免從指縫間溢失地小心擁入懷中，就會煙消霧散。他也遇到了這樣的故事的萌芽。

「這是我遺忘許久的感覺，想寫的衝動貫穿了我的中心。畫家的話，會把腦中的這個世界以畫作呈現；音樂家的話，就是用音樂；舞蹈家的話，就是用舞蹈；雕刻家的話，就是以雕刻將它留在世上。但我只有文字而已。」

寫作讓他感覺到壓力，但必須在這股衝動消失之前快點寫下來的焦急推動他前進。當時的他只有紙筆而已。他不是那種會預先構思大綱框架的作家，應該寫下來的故事自然地展開，自然地朝著應該前進的方向前進。角色被賦與生命，甚至分不清是T在寫角色，還是角色要T把他們寫下來。

「我是半夜開始寫的，寫完的時候，天際都露出曙光了。」

他好像只花了一晚的功夫，就完成了睽違十年的新小說。我和他以前的初期作品做過比較，感覺喚起膚觸的描寫變多了。這讓讀者體感到作品世界，獲得了逼真。主角赤腳行走地面時，凹凹凸凸的乾燥泥土鬆脆地崩坍的觸感。在苔蘚覆蓋的洞窟前進時，水滴的冰冷，以及苔蘚穿進趾間的搔癢感。不知不覺間，讀者和主角的身體融為一體，共享著T的世界觀。

被褥的事是真的嗎？確實也有可能是T編出來的情節。但他擺脫了長年來的低潮，完成了一篇短篇，是千真萬確的事實，而且我並不在乎這件事的真假。頂多就是好奇，希望有機會看看那床奇妙的被褥罷了。儘管這個機會終究未能造訪。

4

T回歸以後，第二部作品是以一名遭到現實世界排擠的孤獨男子為主角。儘管學識豐富，但生性內向，做事不得要領，因此找不到工作。他所愛的人也背叛了他，他被驅逐至世界的邊緣，誤闖異界，是這樣的故事。我把主角的形象和T重疊在一起了。

描寫依舊傑出生動。輕拂主角皮膚的風的濕度和香味、在異界遇到的動物柔軟的毛皮，這些全都只是小說中的文字資訊，卻在腦中帶來了宛如身歷其境的真實重量。主角在誤闖的地點遭到異形動物攻擊而受傷。疼痛的描寫與激起的恐懼，鋪陳出讓人真實感受到生命危險的驚險。異形動物的咆哮撼動讀者的骨頭，唾液的氣味從文字另一頭飄了過來。正因為如此，當主角克服危機時，救贖的感受也愈深刻。

這個時期，我和T定期在吉祥寺的居酒屋碰面。我說出第二部作品也很有趣的感想，一邊喝啤酒，一邊問他那床被褥的事。他應該也一直很想向人述說，喜孜孜地娓娓道來：

「每天晚上都有不同的花樣喔。像昨晚，被窩深處吹著風。是沙漠那種灼熱的風。風從腳尖下更深遠的黑暗吹來，沿著身在被窩裡的我的身體，撫過腋下和脖子。」

T買回家的二手被褥，是一組墊被和蓋被。T夾在兩條長方形的平面被窩裡，就會出現通往異界的隧道。可是說到底，那床被褥到底是什麼？我很好奇它的來歷。

「我也試著調查了一下。我問了我買被褥的二手雜貨店，但店家不肯透露前物主是誰。」

會不會是有什麼怨念或詛咒留在上面？被子裡是不是有什麼古怪的符咒？

「我也想過要拆開外側的布，檢查裡面。或許有什麼可怕的東西和羽毛一起塞在裡面，所以才會發生奇妙的現象。可是我很害怕萬一拆開表布，就再也無法連上異界，那該怎麼辦？所以還是無法檢查裡面。」

雖然不知道是在哪裡製造的，但看上去只是普通的被褥。只要有那床被褥，看來T是不怕再度陷入低潮了。因為他得到了靈感的泉源。

T將杯中物一飲而盡，又續點了啤酒。這時，他忽然露出忍痛的表情。他皺起眉頭，擔心地看腳踝。我問他怎麼了。

「腳受了點傷。」

他撩起褲管，從腳踝到小腿處，有無數像是被針插過的傷痕。

「差不多快好了。這也是從被窩深處闖進來的某些東西幹的好事。某天我被那東西抓住了。類似觸手的東西纏住我的腳，差點把我拖進去。我急忙掀開被子，那東西就消失了，可是被它抓住的地方陣陣作痛，有段時期腫得幾乎就像顆球一樣，非常嚴重。」

他的表情充滿喜悅。

「這應該也能成為寫作的糧食。」

T說這不是他第一次被闖進被窩裡的異形攻擊。他的腳尖被不明物體咬過，腳拇趾也曾被唾液溶掉指紋。第二部小說中的異形動物描寫，應該就是根據他自己在被窩裡的體驗寫出來的吧。

以前我都很享受T在被窩裡的冒險經歷，但親眼看到那彷彿被無數的針刺過的傷痕，實在無法平靜。我開始覺得這無法一笑置之、相當危險。但說到T本人，他甚至憐愛地看著那些傷痕，讓人感到頭皮發麻。

「下一部作品，我想要寫戀愛小說。」

最後一次碰面時，T這麼說。T的作品鮮少有戀愛成分。主角幾乎都是男性，雖然也有女性角色，但是在作品中並未占據重要地位。

「我想寫主角邂逅真命天女，墜入愛河的故事。」

T喝著啤酒說。可是，他怎麼會突然轉向這個題材呢？挑戰從未試過的領域是很好，但要轉移心境，應該不是件易事。這也和那床被褥有關嗎？

「是的，沒錯，是因為那床被褥。我老婆要求離婚，我搬出去一個人住以後，連跟女兒都沒有見面。一直到最近，類似對異性的不信任感都一直糾纏著我。可是，雖然是最近才開始的，但被窩深處有女人會定期來找我。」

女人？

「我在被窩裡打著盹，有隻冰涼的手碰到我的腳踝。那顯然是人手的觸感，纖纖玉指摸索地爬過小腿，撫摸膝骨周圍，滑上我的大腿。」

T說，那手纏繞著他的腳，乳房柔軟的觸感壓上腳尖。

「這時我才發現是個女人。她緊貼著我的身體，從被窩裡往上爬。長長的頭髮夾在我的趾縫間，絲滑地往上溜。女人是赤裸的，從觸碰到的皮膚滑嫩與彈性來看，應該二十多歲左右。腰肢纖細，體型就像人型模特兒。可是比起興奮，我更先感覺到恐懼。我跳起來掀開被子，打開電燈。」

被窩裡沒有人。

此後，女人幾乎夜夜造訪。

「一開始我覺得很毛。動植物的觸感還好，但我完全沒想到會有人溜進被子裡。可是，我發現女人似乎沒有要危害我的意思。我反而對她萌生出憐愛之情了。」

女人沒有對T做任何事。她從被窩深處爬上來，一語不發，只是依偎著T。沒有弄傷他，也不會試圖把他拖進被窩深處，和T一起共度長夜。

「被窩裡有女人的呼吸聲。房間一片漆黑，把被子掀開，女人就會消失，所以我沒有實際看過她的臉。即使用手電筒照亮被窩裡，女人應該也會在那瞬間消失吧。我把手伸進去，確定女子的五官長相，這段期間，女人也沒有把臉別開，而是靜靜地任我撫摸。但她也並非完全沒有自己的意志。我在撫摸她直挺的鼻梁時，手指不小心順勢伸進了她豐滿的唇間，結果她用門牙輕啃了我的指頭。我有點嚇一跳，結果女人搖晃肩膀，發出吃吃憋笑的聲音。」

女人陪睡的夜晚，T的心情無比地平靜。每當他在孤獨的煎熬中陷入不安，有時女人便會不知不覺從被窩深處現身，撫摸他的背。

「我對她說話，但她不會回應。或許她是異界的居民，所以聽不懂日語吧。」

顯而易見，T為那個女人魂牽夢縈。我更加擔心了。從T的話聽來，那個女人不屬於這個世界。用情過深，是不是不太好？

但女人成了T的繆思，T得到了前所未有的創作動力。身為他的讀者，這是件值得欣喜的事。雖然我想挽留他，但也想見識一下他的精神究竟能進入什麼樣的境界。

後來，我聯絡了T的責編。寫作類型相近的作品，經常就會分到相同的責編，或即使不是責編，也彼此認識。T的責編A也不例外。

我打電話給A，說了T買的二手被褥的事。A好像也稍微耳聞了這件事。

「好像他剛搬家的時候有提到一下，不過我猜應該是瞎掰的吧。」

A是個毫無浪漫情懷的男子。一定是T第一次告訴他被褥的事時，他做出了懷疑的發言吧，此後T似乎就沒有再對他說出詳情了。我對A說，真假姑且不論，但T迷戀於每天晚上出現在被窩裡的女人，這樣下去或許很危險。

「喔……怎麼個危險法？」

我窮於回答。

「他反而創作欲望高漲，非常好啊。不過也是，我會留意一下，多多關心T老師。」

和A講完電話後，我決定暫時忘了T和他的被褥。待處理的工作堆積如山，而且我根本不是有空擔心別人的狀況。接下來好一段時日，我每天都泡在工作裡。

和T的定期吃飯和聯絡之所以中斷，一方面是因為那陣子我很忙，但還有其他原因。後來我才知道，A把我的憂心告訴了T，而且還擅自加油添醋。

「我很擔心T。那床被子有問題，應該讓T遠離那床被子。」

A似乎把我的話扭曲成這樣，告訴了T。據說聽到這話，T勃然大怒。他一定是以為我想要搶走他的那床被褥吧。他似乎甚至懷疑我沒事找他出來吃飯，也是覬覦那床被褥。

但這些事都是在很後來才知道的，我一直做為一介讀者，期待著T的新作品發表。還悠哉地打算等他下一部作品發表後，再找他出來吃飯。

但他的新作品沒有發表。

T在租屋時，是請責編A當他的保證人。A被公寓房東找去，將T的住處清空。沒有人知道T消失到哪裡去了。雖然也報案失蹤了，但我沒看到找到人的新聞。

因為沒看到鞋子和皮包，所以人們說他應該是出門不知道去哪裡，就這樣失蹤了。稿紙和筆也消失了，因此作家之間都說他或許是為了轉換心情，外出寫小說了。

他幾乎是環堵蕭然的住處裡，朱紅色的被褥依然鋪在榻榻米上。A說他代替消失的主人，把那床被褥處理掉了。

「我在整理的時候，找到房間的鑰匙。鑰匙掉在角落。窗戶關著，門也從裡面鎖著，T到底是怎麼離開房間的？」

A把鑰匙的事也告訴警方和房東了，但沒有被當成重要線索。他們做出很實際的結論：T應該是打了備份鑰匙，用備份鑰匙鎖門外出了。

但我想像起來。T是不是把稿紙和筆放進皮包裡，穿上鞋子，鑽進被窩裡了？

然後是不是主動和女人一同啟程前往被窩深處的黑暗世界了？那裡是個什麼樣的地方？迷倒T的女子，在那個地方依然維持著女人的外貌嗎？

被褥被A賣給了二手雜貨店。聽到這件事，我匆匆趕到那家店，但被褥已經賣掉了。現在不知道流落何方。

溺死孩子

1

我的高中同學殺死了嬰兒。

一段時間後，另一個朋友殺了嬰兒，又有另一個朋友殺死了自己的嬰兒。

讀高中的時候，我的家庭環境糟糕到不行，父親在外面有小三，母親大白天就喝得爛醉。我的心靈一片荒蕪，憎恨著大人，開始和不良分子廝混在一起。當時的朋友裡面，也有人因為偷竊和暴力事件而被警方輔導。其中有個我經常和她們鬼混的女生集團，就是渡邊惠子、岡村香澄、藤山幸惠這三人。她們各自殺死了自己生下來的嬰兒。

渡邊惠子把未滿一歲的女嬰沉入浴缸。

岡村香澄將出生三個月的男嬰掐死後，裝進垃圾袋，想要趁可燃垃圾的回收日丟掉。

藤山幸惠在生產十個月後，把嬰兒從公寓陽臺朝地面砸下去，自己也跳樓自殺。嬰兒死了，但她保住了一命。

每個人都說，應該是產後憂鬱症。她們高中畢業後，彼此就再也沒有聯絡，也看不出這些事之間有任何關聯，被當成獨立事件處理了。

高中畢業後，我搬出家裡一個人住，和她們保持距離。也不知道她們三個結婚生子的事。她們的事，是在東京偶遇的熟人告訴我的。

我們是一起度過高中時光的朋友。我是不是應該多關心她們才對？如果彼此聯絡，聽她們傾吐煩惱，是不是就不會演變成這樣了？但我提不起勁，我討厭當時的我自己。我唯一的能量來源就是對大人的反抗心，整個人空轉，最後犯下了滔天大罪。

當時我住的地方，是個鳥不生蛋的無趣小鎮，河川工程的砂石車捲起沙塵來來往往，不良少年聚在資材堆置場抽菸。是個混濁的閉塞感籠罩、沒有出路的地方。那時候的照片，我連丈夫都沒有讓他看過。拍到當時的我的照片，我全都燒掉了。要是看到我當時的照片，丈夫一定會對當時的我和現在的落差而大吃一驚吧。

婚後遷入新居不久，我收到了一封信。本來好像是寄到我娘家的，母親的再婚對象似乎看出什麼，把它轉寄給我。裡面有好幾頁信紙，是藤山幸惠寄來的。就是把嬰兒從公寓陽臺丟下去的我的高中朋友。

◇

吉永薰小姐：

好久沒聯絡了，妳還記得我嗎？

我是幸惠，我們高中的時候經常一起玩。

那真是一段開心的時光。雖然也有過難過的事。

我突然寫信給妳，一定把妳嚇了一跳。

我們一直沒有聯絡，像這樣寫信，總教人有些難為情。

而且妳在我們這群人裡面，也有點特別。

妳感覺就像是無處可去，才會跟在我們後面。

我很猶豫要不要聯絡妳。

因為妳應該不願意回想起那時候的事。

可是我聽到妳結婚的消息，所以才寫信給妳。

有件事我無論如何都想告訴妳。

可是另一方面，我也期待妳或許不會有事。

如果這樣的話，妳不知道比較好。
我們對生田目賴子做的事，不是可以原諒的。
但妳和我們一直保持著一小段距離。
妳只是在後面看我們動手而已。
所以妳的罪也會減輕一些吧。
而且或許她也會認為妳是無關的。

◇

信件還有後續，但我暫時打住，閉上了眼睛。要是可以直接把信紙折起來，塞進抽屜深處，就此忘記，真不知道該有多好。她的來信，完全就是我想要從記憶中抹消的過去。當時的氣味、氛圍、種種事物重回心頭，我幾乎快吐了。

生田目賴子。她的名字、她驚懼的表情，所有的一切我都記得。我覺得心臟被冰冷的手一把抓住，按住了胸口。她求救的眼神在腦中縈迴不去，讓我在高中畢業後，就像要甩開這一切似地跳上新幹線遠走他鄉。我等於是為了逃離有關她的一切，才會跑來東京的。

生田目賴子是個神情陰沉的女生。她的家境應該不好，制服總是皺巴巴、髒兮兮，這件事也被同學拿來取笑。欺負她來打發時間的，就是同班同學渡邊惠子、岡村香澄，還有藤山幸惠。我也不是局外人。因為既然我和她們這三個手帕交一起行動，就會不可避免地身在現場。

生田目賴子的眼睛下方有三顆小痣，嘴唇很薄，被人命令做什麼，那張臉就會整個僵住緊繃。也許是對大人的嫌惡和煩躁的反作用力使然，看到她那種懦弱的女生，確實會感覺到自己的內心也有類似嗜虐的感情。

某天，性情特別暴烈的渡邊惠子把生田目賴子叫到女廁，叫其他人把她按住。渡邊惠子有種讓人不敢反抗的氣質。因為她的男朋友是鎮上算是頗有勢力的地痞流氓。渡邊惠子命令我們每個人把生田目賴子的制服弄髒。她是想要讓所有的人都成為共犯吧。考慮到往後，我用泡過抹布的水桶水潑了生田目賴子。我記得全身濕淋淋的她蹲在女廁地板上求饒地看我的樣子。

後來過了幾個月的冬天，生田目賴子再也沒有來學校了。才剛聽說她似乎不停地割腕自傷，結果下星期她就辦葬禮了。她的棺材旁邊，裝飾著折成各種動物樣貌的折紙。她的母親說，折紙是她唯一的興趣。死因是自殺，她在自己的房間上吊自殺。

我們不知所措，惶恐不安，虛張聲勢起來。朋友之一岡村香澄聽到生田目賴子死掉的事，哈哈大笑。岡村香澄就是這種女生。而且她父親對校方具有相當大的發言權，雖然生田目賴子的家人主張女兒是因為受到霸凌才會自殺，卻被岡村香澄的父親壓下來了。沒有老師懲罰我們，我們的人生受到了保護。被我所厭惡的大人的勢力、以最可恨的形式保護起來了。

沒有人再提起生田目賴子，就彷彿學校裡從來沒有她這個人。我們的四人小團體漸漸變得疏遠，不再積極交流，就這樣迎接畢業。

來到東京以後，我為了忘掉生田目賴子，洗心革面。對大人的反抗情緒也消失了。受到岡村香澄父親的權力保護的那時候，構成我的種種支柱全數崩坍了。我隱瞞著這樣的過去，尋找打工機會，並努力念書考取證照。我和現在的丈夫是在職場認識的，他不知道我高中的時候做了什麼。

2

如果能夠重回那時候、如果能夠向她道歉就好了。我的心裡只有滿滿的後悔。

當時我們還太年輕，根本分不清是非善惡。
我們看著她哭泣的模樣取樂。
我想就是當時的惡行，招來了今天的惡果。
我是在醫院寫下這封信的。
我想妳應該也聽說了，我殺死了自己的孩子。
渡邊惠子、岡村香澄，也都親手殺死了自己產下的孩子。
我們再也不可能親手擁抱心愛的骨肉。
我的寶寶是個女孩。
我到現在依然一清二楚地記得她誕生在世上的瞬間，我所感受到的幸福。
我餵她喝母奶、幫她換尿布，依偎在小小的她身邊入睡。
可是一陣子以後，女兒開始讓我覺得不太對勁。
因為她的臉長相不像我，也不像外子。
剛出生的嬰兒都是這樣的，很快就會變得像我們了。
我這麼想著，過了幾個月。
但我開始覺得詭異起來了。
因為我覺得寶寶的五官，長得很像以前看過的某個女生。

長得很像向我們求救、求饒的她。
相隔十幾年的光陰後，我和變成我的寶寶的她重逢了。
起初我覺得是心理作用。
但不管是抱在懷裡，還是餵她喝奶的時候……
寶寶的臉，真的就是生田目賴子的臉。
我把這件事告訴外子了。
外子只是擔心我，說我應該是照顧寶寶太累了。
是因為罪惡感，所以只有我覺得寶寶看起來像她嗎？
我詢問以前的同學，要來生田目賴子的照片。
我拿照片和寶寶的臉比對。
丈夫看了也不禁面色緊繃，承認寶寶和生田目賴子真的很像。
我們去驗了ＤＮＡ。
在生物學上，寶寶是我的孩子。
可是那張臉，完全就是被我們逼上絕路的女生的臉。
不知不覺間，我再也無法去愛我的寶寶了。
就連寶寶哭到滿臉通紅，

我都覺得她是在責備我過去的所作所為，

害怕起來，摀住耳朵。

但外子一直鼓勵我，所以我還是繼續維持最基本的照顧。

這都多虧了外子真誠地聆聽我過去罪行的告白。

然而有一天。

我在寶寶的背上看到像紅色污漬的痕跡。

仔細一看，那個部位的肉微微隆起。

我驀地想起了高中時的事，悟出那是什麼了。

我曾在渡邊惠子的命令下，拿菸蒂去燙生田目賴子的背。

她燙得邊哭邊扭動身體。

寶寶背上的紅斑，就和我拿菸蒂燙生田目賴子的位置一模一樣。

當我發現這件事的時候……

還不滿一歲的寶寶看著我，哭得更兇了。

一般來說，寶寶看到母親的臉，不是都會安心地停止哭泣嗎？

然而寶寶看著我的眼神，卻彷彿看到什麼可怕的東西。

不知不覺間，我抱著女兒站在陽臺上。

舉起來朝地上砸下去，女兒變成了一團紅色的污漬。
接著我也跳了下去。
撿回一條命，是幸還是不幸？我不知道。
我猜想渡邊惠子和岡村香澄也發生了類似的事。
我是在殺死寶寶以後，才得知她們兩人的遭遇。
我們是遭到生田目賴子報復了吧。
她在說，我們沒有權利擁抱心愛的人。
或許妳也會遇到和我們一樣的事。
我因為擔心，所以寫了這封信給妳。
謝謝妳讀到最後。

藤山幸惠

◇

讀完信後，我走出陽臺。指頭整個冰冷了。如果信上寫的都是真的，那麼她想告訴我的，應該就是這個意思吧…

「妳最好不要生小孩，因為妳可能會步上我們的後塵。」

信上並沒有這句話，但她說她聽到我結婚的消息，才會寫信給我。就是認為結婚的下一步就是生小孩，她才會通知我吧。那麼，她這封信來得太慢了。

我一陣噁心欲吐，離開陽臺，前往廁所。

是害喜。我和丈夫會倉卒決定結婚，就是因為我肚子裡的孩子。

下班回來的丈夫發現屋裡一片漆黑，嚇了一跳。我好像甚至忘了開燈，沉浸在思緒裡。一看到丈夫的臉，淚水立刻奪眶而出。我覺得不可能永遠瞞著另一半，向他坦承了煩惱。

我高中時期的墮落、自絕性命的少女，還有高中朋友陸續殺死自己的寶寶的事。我讓丈夫看了藤山幸惠的信，討論該如何處置肚子裡的孩子。雖然開始出現害喜症狀，但因為還在妊娠初期，應該還來得及拿掉。但丈夫反覆讀了信件幾次後，搖了搖頭。他說，不能只憑這樣一封信就決定是否墮胎。

我或許陷入了狹隘的視野。確實，這封信也有可能全是藤山幸惠捏造出來的。不能光憑幾張信紙的文字，就決定我體內小生命的生死。應該去找藤山幸惠，直接談談吧。我先從調查藤山幸惠現在的住址開始。因為信上沒有她的住址和聯絡方式。

我透過社群網站找到高中同學，詢問了幾個人。每一個都是稱不上朋友，但碰面會打招呼的交情。其中一人立刻就回覆我了，電郵往返了幾次以後，我得知了幾個事實。藤山幸惠在醫療監獄裡上吊自殺了。

3

從新幹線轉乘私鐵，抵達風景蕭瑟的故鄉小鎮。我沒有告訴母親我要返鄉。我和母親之間，仍有著難以填補的鴻溝。

小鎮比記憶中的更要荒廢。搭計程車移動的路上，我看到許多關掉的超市和個人商店，沒有拆除，就這樣棄置在原地。高中時和朋友們偷竊的文具店還在。我回想起當時的種種，胸口陣陣作痛。但我並沒有那麼正人君子，會特地回去向店家道歉。

透過社群網站，我問到了幾個地址。我打算搭計程車拜訪那幾個地方。不只是寫信給我的藤山幸惠的老家而已，渡邊惠子、岡村香澄的老家，我也都查到了。

她們若是還在服刑，人應該在監獄裡。但若是因為心神喪失或精神耗弱等理由獲得減刑的話，也有可能在家裡。只要和她們談談，應該就可以推測出藤山幸惠的信件有多少真實性。但我的努力全是徒勞。

渡邊惠子的老家，位在低收入階級的人家群聚的一角。整個荒廢，一看就知道沒有人住。我向鄰居打聽，鄰居說三年前她鬧出那件事以後，就變成這樣了。在那之前，渡邊惠子和丈夫、嬰兒，還有她的父親住在這裡。街坊沒有人知道剩下來的家人消失到哪裡去了。

岡村香澄的老家是一棟氣派的透天厝，土地被高高的圍牆圍繞著。我按下大門旁邊的門鈴，氣質高雅的中年婦人的聲音應門：

「請問是哪位？」

我報上名字，說明我是岡村香澄的高中同學。

「……我女兒不在這裡。請回吧。」

大門沒有打開，我再次按門鈴，但沒有回應了。

附近住戶說，殺嬰事件後，岡村香澄被丈夫要求離婚，她的父親辭掉了企業的會長職位。她現在好像還在監獄服刑。

我只聽說她掐死嬰兒，想要混在一般垃圾一起丟掉，但附近鄰居說，實際狀況似乎更加淒慘。為了湮滅證據，嬰兒被分屍，裝進垃圾袋裡。那些垃圾袋被烏鴉啄食，嬰兒的內臟在路面散了一地，有一部分的肢體是在鄰近住宅的屋頂上找到的。

藤山幸惠的老家變成了停車場。透過社群網站問到的資訊，是高中時的舊資料了。鄰居說藤山家在五年前左右搬走了。

「幸惠生下小孩沒多久，好像就開始說些奇怪的話。」

和藤山家很熟的附近住戶這麼告訴我。藤山家搬走後，兩家仍有聯絡，藤山幸惠的老母打電話向老鄰居訴苦。

「幸惠好像說小孩子的臉很可怕，都不敢看。說愈來愈像她國中還是高中死掉的同學，非常害怕。真的很奇怪對吧？一定是太累了啦。」

看來藤山幸惠也對身邊的人說了信上的內容。至少那封信不是為了作弄我而寫的謊言。她似乎是真的為了寶寶的長相而苦惱、害怕。

我乘上計程車，忍受著害喜的難過，告訴司機最後一個目的地。我透過社群網站問到的住址總共有四處。我會把這個地方擺在最後，是因為十幾年來累積的內疚。

生田目賴子生前的家，是一幢老舊的木造民宅。外牆年久失修，庭院荒廢，散發出陰暗沉鬱的氛圍。面對這棟屋子，我的腳動彈不得。感覺二樓窗戶似乎有人影，應該是心理作用，因為這裡已經成了空屋。

附近住戶說，生田目賴子的家人四散各方，不知道去了哪裡。我懷著難受的情緒，看著她生前住的家。

「那道窗戶，就是賴子生前的房間。她就是在那裡上吊的，真可憐。」

附近住戶伸手指示的，就是二樓的窗戶。是我剛才覺得好像看到人影的窗戶。我雙手合十，垂首禮拜，在內心為當時的行為道歉。雖然不知道自己做的事是否能因此得到原諒，但現在的我能做到的，也只有這樣了。

旅行回來後，我和丈夫尋找生田目賴子的家人。雖然最後沒有查到，但找到了她的墓地所在，去為她上了香。

我和丈夫討論後，決定不墮胎。肚子愈來愈大，開始感覺到體內有個與我的意志無關、自行蠕動的物體。在醫院拍的超音波照片可以看到胎兒的臉，但拍得很模糊，看不出長相。從我的體內生出來的孩子，到底會是什麼模樣呢？

我很不安，丈夫支持著這樣的我。

然後我破水了。我承受著幾乎無法呼吸的劇痛，爬上分娩臺，聽從婦產科醫師和護士的指示，產下了嬰兒。就如同事前得知的，是個女寶寶。

我在達成重大任務的充實與幸福籠罩下，注視著護士抱過來的嬰兒。

「咦，眼睛底下有小痣喔。」

護士說。瞬間，生田目賴子的臉掠過我的腦際。我的寶寶就和她一樣，眼睛底下有三顆小痣。

剛生出來的嬰兒臉皺巴巴的，我可以不用想太多地對待女兒。我不可能滿不在乎。想起高中的那些朋友，我擔心自己是不是真的會不由自主地殺了這孩子。我身為母親，有辦法去愛這孩子嗎？這個嬌小脆弱的存在，真的是我的孩子嗎？

在生物學上，我們是母女。她在我的體內萌芽，花了十個月長大，從我的體內誕生出來。我透過肉體體驗了這段過程。但是，這孩子眼睛底下的三個點，和生田目賴子一模一樣。孩子的臉一天比一天更像她，我沒有自信把她當成自己的孩子。

但我們還是非扶養這孩子不可。丈夫如此主張。他比我更積極一些，努力去接受女兒。丈夫和生田目賴子毫無關係，生田目賴子是他連見都沒有見過的人。對於女兒的臉長得像某個早已死去的女生的狀況，丈夫似乎感到害怕，但是他和我不同，沒有對她的罪惡感或虧欠感。

丈夫體諒我，盡量攬下照顧寶寶的工作。餵奶、換尿布，也幫她洗澡。他盡量避免讓我和女兒兩個人獨處。我表現出疲倦的模樣，他就會請假陪我。丈夫說他已經作好心理準備，要是沒辦法請假，就辭掉工作。因為有我的朋友們殺死各自的嬰兒的前例，丈夫似乎鄭重萬分地看待這個狀況。

丈夫在充氣嬰兒浴盆幫女兒洗澡時，在她的大腿發現瘀青。生田目賴子的大腿應該也有類似的瘀青。是渡邊惠子用學校室內鞋的鞋跟踹出來的。我把這件事告訴丈夫，丈夫說嬰兒都會有這種青斑。好像是黑色素沉積在皮膚深處而變成的青色。丈夫說一段時間就會消失了，但寶寶身上的青斑一直都在。

出生一個月後，女兒的長相也漸漸變得鮮明了。五官的形狀和我或丈夫都不同。我在腦中將那張臉和生田目賴子重疊在一起。我的手邊沒有半張她的照片，但可以做為忘不了的忌諱記憶回想起她的面容。我的女兒果然和她長得一模一樣。這個小人兒雖然是從我的體內誕生出來的，但是在更本質的靈魂的部分，一定就是懷恨我們而死的少女。會不會是生田目賴子死去的時候，她的靈魂分成了好幾個，嵌入了她懷恨的對象體內？

我還是害怕這孩子。向丈夫訴苦的次數愈來愈多。我也會餵女兒母奶，但有時會覺得就像是高中生的生田目賴子在吸吮我的乳房，瞬間失聲尖叫，把女兒扯開。我開始覺得應該要疼愛的親骨肉是某種可怕的東西。我連和寶寶待在同一個房間都不願意，我想把她送給別人。我出於恐懼這麼說，和丈夫吵架了。

一切都是妳的錯。誰叫妳高中的時候傷害了一名少女，將她逼上絕路，這不就是一切的禍根嗎？生下來的嬰兒是無辜的。丈夫如此責備我。每次吵完架，我都會想要殺掉女兒。在這孩子出生前，我和丈夫相當恩愛。我強烈地認定，丈夫會這樣責怪我，都是女兒害的。

4

某天，丈夫必須留在公司加班，我一個人幫女兒洗澡。將溫水注入嬰兒浴盆，輕輕地將女兒放進去。我一邊幫她洗身體，忽然心想：要是就這樣把她溺死，會怎麼樣？

就像渡邊惠子做的那樣，只要輕輕放手，看著嬰兒沉下去就行了，哭聲也一定很快就會停了吧。可以從現在這種狀況解脫出來，這個想法魅力十足，只要沒有這東西，只要這東西沒生出來的話。這時，女兒看起來完全就是在女廁向我們求饒的生田目賴子。她任憑擺布，絕不反抗，接受自己的命運。那雙眼睛軟弱無比，黯淡無光，死心認命，告訴我們這個世界充滿了痛苦。

我急忙把女兒從浴盆裡抱起來，用衣服裹住，心裡直呼好險。然後我閉上眼睛，緊緊地抱住女兒，感覺到女兒在懷裡踢蹬著手腳。

我用理性壓制恐懼，告訴自己：什麼把她殺死，這絕對是錯的。即使這孩子體內的靈魂是生田目賴子，不，正因為是這樣，殺死她是不對的。渡邊惠子、岡村香澄，還有藤山幸惠，她們都做錯選擇了。因為對生田目賴子內心有愧，所以她們三個都殺死了嬰兒。我不能再犯一樣的過錯。殺嬰這種行為，等於是在重蹈覆轍，又做出高中時對生田目賴子所做的殘忍行為。如果真心想要向生田目賴子道歉，一定還有其他的做法才對。

生田目賴子自殺的時候，是懷著什麼樣的感受，準備上吊的繩索？為什麼她非生為我們的孩子不可？這是她的復仇嗎？是要藉由取代我們應該要去愛的對象，奪走我們的愛，來摧殘我們的心嗎？或者她只是純粹地想要再活久一點？

即使重生為我們的孩子，也想要留在這世上嗎？或者她是在給我們重新來過的機會？

我求診精神科醫師，借助藥物的力量，過了一年。平安迎接女兒生日時，丈夫鬆了一口氣。因為我的朋友們，都在孩子迎接一歲生日前就被殺死了。

我們發現適度的距離可以換取穩定，也雇了保母，將帶孩子的工作假手外人。我們不吝惜這方面的開銷。我們縮衣節食，忍耐購物欲望。頭髮留長的女兒，果然長得很像生田目賴子。髮質、眉形等等，完全找不到我和丈夫的影子。如果就這樣平安長大，長到接近生田目賴子自殺的年紀，應該會變得和她更像，就宛如同一個人。我不認為到時候我能平心面對。這豈不是形同和死者生活在一起嗎？

我和女兒之間總是有一股緊張感。就彷彿害怕著彼此，畏縮不前，也盡量避免肌膚接觸。女兒更喜歡爸爸，這也是沒辦法的事。

兩歲的時候，女兒會說話了。

「媽媽對我潑臭臭水。」

某天女兒這麼說。

「媽媽對我潑水，潑臭臭水。」

「才沒有呢，媽媽才沒有對妳這麼做過吧？」

「有，媽媽好可怕。」

我確實心裡有數。高中的時候，我用浸過抹布的水桶水潑過生田目賴子。女兒知道我高中做過的事，我感覺自己的臉僵住了。

「這樣啊，對不起。媽媽做錯了。可是媽媽再也不會這麼做了，放心吧。」

女兒戒備地看著我。從此以後，我大白天就開始喝酒。就像以前我的母親那樣。

我會和丈夫拉開距離，是因為我開始成天散發酒味。我想或許總有一天，丈夫會帶著女兒離我而去。雖然悲傷，但如果丈夫這麼做，或許我就可以找回心靈的平靜。

女兒開始玩起折紙。她以不像兩歲小孩的確實動作折出大象和獅子——明明沒有人教過她這些動物的折法。我想起這麼說來，生田目賴子生前的興趣是折紙。她的棺材旁邊應該裝飾著折紙作品。她是在折紙動物的圍繞下，前往另一個世界的。然後現在她回到這裡，變成了我的女兒。

我對女兒懷抱著恐懼，同時也努力做為一個母親去愛她。但這實在太困難了。這要是一般的母子，看到孩子的睡容時，應該會湧出無限的憐愛。但我即使看到女兒的睡容，首先感覺到的也是一種格格不入：這個人怎麼會在我生活的場所？

與丈夫拉開距離的同時，被酒精侵蝕的生活卻相反地拉近了我和母親的距離。我國高中的時候很氣酗酒的母親，和母親衝突不斷，心想自己以後絕對不要變成這種大人。但現在大白天就喝醉的腦袋一想到母親，就無比地渴望見到她。我衝動之下打電話回家，母親好像也一樣大白天就在喝酒，我們聊得很開心。

「妳絕對不可以殺孩子。」

母親在電話彼端說。

「我是個不合格的母親，但一次都沒有打過妳，對吧？」

雖然沒有暴力行為，但幾乎處於放棄養育責任的狀態。

「我可以去看看我的外孫女嗎？」

「好啊，妳來吧。可是她完全不像我。」

「不像妳不是很好嗎？不像妳也就是不像我。」

電話另一頭傳來啜飲啤酒罐的聲音。這要是青春期的我，聽到這聲音或許就會氣到當場掛電話。

「那，媽覺得我長得跟妳一樣囉？」

「被長得跟自己一模一樣的女兒用輕蔑的眼神看，那種感覺真的很討厭。」

「對不起……」

「到底是怎麼了？妳有點不太對勁。居然會突然打電話回來。」

母親曾經對我付出過愛嗎？如果她愛我，我在國高中時期就不會那樣自我放逐了吧？但母親有母親自己的人生，或許她遭到心愛的人背叛，當時正處於自暴自棄的狀態。現在的我，已經可以像這樣去體諒了。

「我不喜歡以前的妳。」

母親說。

「可是現在妳變得比那時候更圓滑了一點，好聊多了。」

「謝謝媽，我也這麼覺得。」

晚飯的時候，我說我媽可能會來，丈夫露出意外的表情。丈夫也知道我和母親的關係。我說她想見外孫女，丈夫便喃喃說「畢竟是親孫女嘛」。但是幾天後，我遇到了車禍。

我大白天就開起啤酒罐喝起來，但中午過後接到了幼稚園的電話，說女兒發起高燒，要我去接。我沒辦法，叫了計程車前往幼稚園。帶著女兒到大門的老師看見全身散發酒臭味，一臉醉醺醺的我，瞬間露出苛責的眼神。我自以為用化妝蓋掉了，但臉應該也有點醉紅吧。我接了女兒，坐上計程車後車座，直接前往醫院。女兒在我旁邊，露出高燒迷茫的表情，卻不肯靠在我身上。我提心吊膽地叫她，用手摸額頭，確實發燒了。與生田目賴子一模一樣的臉看向我。

「媽媽……」

「什麼？」

「謝謝妳來接我。」

抵達醫院，付了車錢，我帶著女兒下了計程車。稍遠處的停車場傳來緊急發車的聲音。轉頭一看，貼著高齡駕駛標誌的小汽車以異常的高速朝這裡猛然倒車。輪胎輾上路緣石，彈了起來。後來我聽說，是駕駛不小心誤把油門當成煞車，導致暴衝。汽車後保險桿就快撞到女兒了。我不自覺地擋上前去，一把將女兒推開。

在醫院醒來的時候，我花了好一陣子才掌握自己身在何處、出了什麼事。

全身多處骨折，因此我甚至無法爬起來，只能痛得呻吟。事故瞬間的記憶恢復，我叫來護士，詢問女兒是否平安。聽到女兒毫髮無傷，我鬆了一口氣。接著我注意到自己安心的反應，捂著臉哭了起來。

發生事故的時候，我處於酒醉狀態。事發突然，根本來不及思考。但我還是挺身保護了女兒。然後得知女兒沒有受傷，我放下心中大石。這件事讓我驕傲極了，所以我才會忍不住落淚。

我一直認定我無法去愛女兒。但或許一起生活的過程中，我培養出母親對女兒的愛了。

女兒被丈夫牽著進入病房。

「媽媽，妳還好嗎……？」

肖似生田目賴子的女兒擔心地走近我的病床。

「沒事。妳沒有受傷，真的太好了。」

我能夠發自真心地這麼說。我撩起女兒的劉海，輕觸她的臉龐輪廓。我昏睡了好幾天，所以女兒的燒已經退了。女兒被我摸臉，露出覺得癢的樣子。

「生田目同學。」

我說，女兒露出納悶的模樣。

「往後我會一輩子對妳付出愛。我很同情沒辦法做到的其他三人，但我會連她們的份一起去愛妳。」

女兒露出驚訝的表情，接著瞇起眼睛，點了點頭。

對講機

1

二〇一〇年，下班路上經過的玩具店店頭，推車上擺著賣剩的對講機。不是山岳救援隊使用的那種正式的對講機，而是做給小孩子玩的便宜玩具。藍色的塑膠機身上有黃色的按鈕，以兩個一組販賣。上面說實際上可以在五十公尺的範圍內進行通訊。距離聖誕節還早，但我決定買回家給兒子。

三歲的小光喜歡交通工具，看到救護車和消防車都一定會揮手。他最喜歡的交通工具是警車。每當電視新聞播放犯罪或事故影像，小光就會在一臉沉痛的大人旁邊歡欣大叫。因為畫面角落會拍到警車。

「哇！警車！奶子！奶子！」

為什麼要加上「奶子」這個詞？只能說他正值這個年紀。小孩子在三到四歲的年紀，都喜歡尿尿、大便、奶子、小雞雞這些詞彙。不管是坐在電車上，還是在餐廳吃飯，都要奶子、小雞雞、奶子、小雞雞地喊個不停。

就在這樣的某一天。客廳電視正在播放介紹警察職務的報導節目，畫面中警察用警車的無線電對講機彼此通話。小光自從看到這一幕後，假裝用對講機對話的遊戲就成了他的最愛。他會把我或夏美的手機放在耳朵上，假裝警察說：

「爸爸，我是奶子，小雞雞，尿尿！」

「警察才不會說那種話！」

對講機玩具讓愛上對講機遊戲的小光心花怒放。從盒子裡取出來，裝進電池，打開電源。喇叭傳出沙沙白噪音，進入可通話狀態。傳送聲音的時候，要按下黃色按鈕說話，然後另一支對講機就會發出聲音。在接收聲音的期間，沙沙聲似乎會變小聽不見。小光一下子就學會對講機的使用方式了。他片刻不離身地帶著對講機，吵著要玩無線電通話遊戲。

「爸爸！屁屁！玩這個！玩這個！」

小光中間不著痕跡地穿插著意義不明的單字，高舉著對講機來找我。我陪他玩耍。我拿著另一支對講機，有時躲在壁櫃裡，有時用窗簾把自己包起來，發送聲音。

「你猜爸爸在哪裡？」

我們玩著捉迷藏，享受對話。不過絕大多數時候，我都聽不懂小光在說什麼。對於嘰嘰咕咕的成串模糊話語，我隨口回應。小光能夠自信十足地發音的字彙有限，不是他喜歡的交通工具的名稱，就是奶子小雞雞那些。但我和夏美已經很滿意了。小光和同齡的孩子比起來，語言發展算慢的，因此不管是什麼詞彙，只要他肯說，我們都很開心。

對講機有可以穿繩子的孔，我幫他綁上繫帶，讓他可以掛在脖子上。不知不覺間，小光用他喜歡的角色貼紙，把對講機貼得琳琅滿目。然後二〇一一年的三月十一日，小光死了。那起可惡的大地震引發了可惡的大海嘯，把我的妻兒帶走了。我們家在數百公尺外的地點被找到，一樓不見了，只有二樓被山坡卡住。一家三口，只有在公司的我倖存下來。我找了好幾處當成遺體安置所的體育館，但終究沒能找到小光和夏美的遺體。

即使都過了一年，家人和朋友仍會輪流來看我。應該是來確定我有沒有自殺的危險。

「你的小孩那時候幾歲？」

「四歲。」

「已經不用穿尿布了嗎？」

「嗯，已經會自己在馬桶上廁所了。」

和來訪的朋友聊著這些，我會漸漸無法克制感情，把朋友趕回去。

我在公司旁邊租了公寓。不會自煮的我都去超商買便當和酒回去，配電視吃晚飯。公寓只有兩個房間，但對我來說太大了。這要是以前，一定滿地都是小光的玩具，連踏腳的地方都沒有。榻榻米的邊緣一定會停著好幾臺迷你車。找回來的小光和夏美的東西，只能裝滿幾個紙箱。我擦掉上面的泥巴，把它們晾乾，收進壁櫃裡。

平常我努力放空腦袋過日子。在公司工作到筋疲力盡，然後向同事行禮道別，回去公寓。我不會參加飯局。如果我在，會讓大家掃興吧。所以我會回家，拚命灌酒。啤酒、燒酎、日本酒、紅酒，一直灌到意識混濁為止。

大地震兩年後，我在深夜聽到那聲音。我看著電視上主張反核的政治家的演說，那天也喝得酩酊大醉。紅酒讓我愉悅地打著盹，忽然不知何處傳來沙沙聲響。聲音在壁櫃裡作響。我對抗著睏意和眩暈，把紙箱拖了出來。

從半毀的住家回收的玩具對講機，亮著紅色LED燈。沙沙聲是從它的喇叭傳出的。是不知怎地，電源突然接通了吧。不是小光總是掛在脖子上的那支。繫上帶子、貼滿貼紙的那支對講機，隨著小光下落不明了。也許現在仍然掛在小光的脖子上，在大海某處漂流著。

沙沙……

我看著對講機，喝著酒，在醉意中思考著各種原有的可能性。如果那天我心血來潮，公司請假，帶全家一起出遊的話呢？比方說去鄰縣的老家過夜的話呢？應該就可以逃過海嘯的死劫，小光會在沉痛的大人們旁邊，跟他的堂表親戚們開心嬉鬧吧。然後現在也在我的身邊吵吵鬧鬧地跑來跑去，挨夏美的罵吧。要是當時那樣做就好了、這樣做就好了。悔意幾乎要撕裂我的心胸。沒多久，我沉入了睡夢中。意識滑進深邃舒適的黑暗世界裡。

沙沙……

但是那天在落入睡夢前我聽到了。白噪音變得斷斷續續，忽地傳出懷念的聲音。

……爸爸……沙沙……奶……雞……沙沙……

2

手機鬧鈴大作，我從泥沼中爬出來似地起身淋浴。只喝了咖啡，便前往公司。上班工作，下班去超商買飯回家。接下來就只剩下喝酒睡覺。我的生活變得很單純。因為海嘯奪走了我的一切。預定再也不會被小孩子打亂，抽屜也不會在不知不覺間被放進吃到一半的果醬麵包。不會在擦小孩子屁股時，指頭不小心沾到髒東西，冬天乾燥龜裂的手指也不會被紙尿布勾到了。

為了避免感情潰堤，打開電視看個綜藝節目吧，轉移意識。這時，我注意到遙控器電池沒電了。該怎麼辦？我環顧房間，看見丟在地板上的對講機。

昨晚的事我依稀記得。對講機和遙控器用的都是四號電池，拆下對講機的電池給遙控器用好了，反正對講機再也用不到了。我這麼想，拆開對講機的電池蓋，這時才想到一件事。

回收對講機時，它沾滿了泥巴。為了保管，我拔掉電池，仔仔細細地擦拭乾淨。因為知道再也用不到了，舊電池我丟掉了。也就是說，對講機裡面根本沒有電池。那，昨晚聽到的白噪音是什麼？怎麼會亮起紅色的 LED 燈？

我沒有進一步深思。一切一定都是酒醉帶來的幻覺和幻聽。

幾天後，對講機第二次響了。那天我開公務車跑外務，在等紅燈的時候，看見一個帶小孩的母親，兩人的背影很像夏美和小光，所以我忍不住認定一定是他們沒有被海嘯捲入，活了下來。

我把車丟在十字路口，衝出駕駛座追上那對母子。我叫住他們，但回過頭來的兩人的臉，完全不是夏美和小光。喇叭聲響個不停，我丟在十字路口的車堵住了後面的車流。

那天晚上我醉得很慘。手連東西都拿不穩，把燒酎潑到地上了。我連擦拭的力氣都沒有，為了冷靜下來，開了啤酒。房間搖來晃去，我以為是餘震，打開電視。但一直沒看到地震快訊，我發現在搖晃的是我。

視野扭曲，起伏，開始頭痛。耳朵彷彿被一層膜罩住，不知不覺間，甚至聽到了沙沙雜音。望向房間角落，幾天前就一直丟在那裡的對講機 LED 燈正發著光。

「少假裝有電了，王八蛋！」我罵道。

白噪音忽然轉小，接著接收到小孩的聲音。那千真萬確，是我認得的聲音。

沙……爸爸……沙……

小光應該已經死了，所以這是我的腦袋任意想像、播放的聲音吧。但我沒辦法排斥這幻聽。

爸爸……你在哪裡……爸爸不見了……沙……

我一把抓起對講機，按下黃色通話鈕呼喊：

「小光？你聽得到嗎？爸爸在這裡！」

即使是虛幻的聲音，那聲音也讓我的心重獲幸福。片刻之後，又出現白噪音，傳出回應：

……找到爸爸了……沙……肚臍……

對方聽得到我的話，這讓我一陣顫抖。我繼續呼喊：

「肚臍？肚臍怎麼了？」

沙……肚臍癢癢……沙……

「不可以亂挖！媽媽呢？媽媽在那裡嗎？」

……媽媽？……媽媽在這裡……

「可以叫媽媽聽嗎？」

不可以……大奶子……

我就把它當做幻聽，享受著對話。小光的話顛三倒四，毫無邏輯，但無所謂。我不停地灌酒，喝到舌頭轉不過來，最後昏過去似地睡著了。這樣的情形每星期會發生幾次，隔天我都覺得清爽極了。

妹妹過來看我，確定我有沒有自殺，或是有沒有自殺的徵兆。在玄關一看到我的臉，妹妹便露出鬆口氣的樣子：

「太好了，你的氣色不錯。」
「最近感覺還不錯。」
但妹妹進房以後，發現大量的酒瓶，皺起了眉頭：
「你會不會喝太多了？」
我有酒量增加的自覺。但是相反地，精神十分穩定。我開始打掃房間，也開始自煮。買了電子鍋，煮免洗米，晚飯時吃熱呼呼的白米飯。但早餐到現在依然只來得及喝一杯咖啡。因為晚上我都和小光講對講機講到很晚。
「可是看到哥哥你恢復精神，太好了。」
「我一定已經沒事了，讓你們擔心了。」
接著妹妹望向擺在房間架子上的對講機：
「好懷念喔，以前你都跟小光玩這個呢。」
她拿起來打開電源，但LED燈沒有亮，也沒有傳出白噪音。
「裡面沒電池。不過喝醉的時候，就會聽到小光的聲音。」
妹妹好像以為我在開玩笑。
後來我在公司的健檢被檢查出問題，醫生警告我酒喝太多，但我不理會。
我應該做的，是在超市買回一堆日本酒、燒酎、紅酒和威士忌。我必須在酩酊大醉的狀態中，才能以對講機和小光的聲音幻聽對話。我灌入酒精，視野扭曲，房間的柱子像動物的內臟般扭動起來，彷彿即將在柔軟的地板上左右滾動。然後不知不覺間，對講機的紅色LED燈亮了起來。

爸爸……你在嗎？……沙……便便了……！

大地震後過了兩年，小光依然喜歡把惹大人皺眉的話掛在嘴邊。我按下通話鈕說話：

「是喔，大便啦？叫媽媽幫你換尿布。」

沙……爸爸幫我換！……沙……

「爸爸在很遠的地方，沒辦法幫你換。」

……過來這裡嘛！……一起玩嘛！……沙……

這時，死者的話讓人感覺到甜美的誘惑。

酩酊大醉的我，做出了平常無法想像的行動。

「真拿你沒辦法。好吧，你等一下爸爸喔。」

我放下對講機，前往儲藏室，取出包裝用的塑膠繩，上吊了。

3

在客戶公司的會客室交換名片。坐到皮革沙發上，開始談生意。年輕女職員過來，在我面前放下茶杯。

「竹宮小姐，怎麼了？」

客戶問端茶過來的女員工。原本應該打算放下茶杯就離開吧，但竹宮這名女職員卻一動不動。她的目光停留在我的脖子上。四目相接，她驚覺冒失，低頭行禮，離開房間了。

好像被看到脖子上的痕跡了。平時與人面對面，會被襯衫領子遮住，因此我完全沒提防。但她是從上而下看到坐在沙發上的我，所以看見了吧。

自殺以未遂告終。用來上吊的繩索掛的位置意外地脆弱。我掛了幾秒後，插在牆壁石膏板上的鉤子就脫落了。結果雖然保住一命，但脖子留下了過了好幾天仍不會消失的繩索勒痕。

談完生意，離開客戶公司，我在停車場被叫住了。之前端茶來的年輕女職員站在那裡，寒冷地發著抖。

「這個……」

她提著超商購物袋，把一盒巧克力遞給我。是隨處可見的商品。

「這個很好吃，請您吃。」

「喔，這個。」

「您知道嗎？」

「我兒子以前很喜歡。」

我一面應話，一面思忖她對我知道多少？她會找我攀談，和我脖子上的痕跡有關嗎？也許她是察覺我自殺未遂，為我擔心。我謝謝她送我的巧克力，坐上公司車子，發動引擎。她一直站在停車場，直到我發車離去。

後來不知道第幾次見面時，我們交換名片，開始聯絡。她的全名是竹宮秋。靦腆的笑容讓人印象深刻。第一次一起喝酒時，她嚴肅地說：

「請你不要死，拜託。」

她在地震中失去了父母。

沙……

我的公寓房間傳出白噪音。

「媽媽在那裡嗎？可以叫媽媽聽嗎？」

酩酊大醉的我抓起玩具對講機，按下通話鈕說道。對講機的事，我沒有向任何人透露。如果被人知道我藉由聽到兒子聲音的幻聽來維持精神平衡，肯定會招來異樣的目光，會叫我去看心理醫生吧。但即使是虛幻的，我依然需要死者的聲音。我被那聲音撫慰，得以緩和只有我一個人活下來的愧疚感。

白噪音變得斷斷續續，聲音傳來。

爸爸……媽媽在這裡……沙……大奶子……

聽著小光耍寶的言詞，就只有這瞬間，我覺得彷彿回到了地震前和平的時光。附帶一提，大奶子這些沒品的話，是生前的小光最愛掛在嘴上的詞。他到底是從哪裡學到這些話的，沒有人知道。明明我在小光面前絕對不會說這種字眼。

「叫媽媽聽。」

不可以……小光要說話……沙……

「媽媽好嗎？媽媽有沒有哭？」

媽媽……沒有哭哭……大大大奶子！……沙……

小光童言童語地說著。

「那裡還有誰？」

很多人⋯⋯大家都在⋯⋯

「那裡很黑嗎？還是很亮？是怎樣的地方？」

不知道⋯⋯小光噗噗了⋯⋯沙⋯⋯

噗噗是指放屁。每次小光放屁，都會說「好想再噗噗一次！」，不停地想要放屁，真的很討厭。

「小光都在那裡做些什麼？」

在跳舞⋯⋯跟媽媽跳舞⋯⋯

我一直有著這是幻聽的意識。這是虛構，是我創作出來的故事。可是，如果真的有死者的國度，夏美和小光和其他眾多的死者幸福地過著日子，不知道該有多好。我一直認為人會創造出宗教，述說死後的世界，是基於對消滅的恐懼。可是或許創造出宗教的人，原動力是對逝去之人的慰勞與慈愛。

和竹宮秋往來後，過了一年，親密的氛圍與日俱增。但我們的關係完全僅止於朋友。我有著迷惘。因為我覺得如果有了女友，就會忘了夏美和小光。我不想讓地震前的家人成為過去。即使只有我一個人也好，我必須記住妻子和兒子活過、歡笑的身影。結交女友，自己一個人得到幸福，讓我覺得是對妻兒的背叛。竹宮秋應該發現了我的迷惘，雖然她從來沒有問過這件事。

「我媽是福島人。」

某天，我們在餐廳吃飯的時候，竹宮秋說道。她母親的娘家，就位在核電廠事故後被指定為歸還困難地區的小鎮。當然，那裡現在沒有任何人居住。年間累積輻射量超過五十毫西弗，處在那種環境一定的時間，就有可能對人體造成致命的傷害。

「如果想要去那裡，就會在途中遇到攔查，沒辦法再往前進。我也曾經把車停在那裡，看著小鎮的方向。就只有平凡無奇的山路而已。當然，肉眼看不到實際上是不是有放射性物質。」

小時候常去的回憶之地遭到封鎖了，有生之年再也無法踏進去了吧。永遠不可能再觸碰到外婆家和母親生長的土地。

「輻射就好像怪物呢。」

「怪物？」

「有人害怕輻射，逃得遠遠的，但也有人滿不在乎。對人體的危害也模糊不清，一下子說有影響，一下子又說不會怎樣。但每個人心中都還是有著模糊的不安，也有逞強不去想它的部分在。害我想起了那首〈才沒有鬼怪〉的歌詞。」

她說，唱出部分歌詞：

世上　才沒有鬼怪
鬼怪　都是胡說八道
是睡迷糊的人
眼花看錯
可是只有一點點　可是只有一點點
我也　心裡怕怕
世上　才沒有鬼怪
鬼怪　都是胡說八道

地震與海嘯的雙重打擊造成福島核電廠爐心融解，散播出大量的放射性物質。那些東西肉眼看不見，也無法明確定義對人體會造成什麼樣的影響，我們繼續過著每一天。懷抱著模糊不清、無法捕捉的不安，告訴自己「應該沒事吧」，繼續呼吸空氣。這樣的日子仍在持續著。

「一切的境界都變得模糊。每個人只能根據自己的現實認知，以自己的方式去定義相信的事物。」

竹宮秋接著這麼說：

「我覺得讓朋友和情人的境界維持模糊也無所謂。」

她的臉都脹紅了。我認為再也不能逃避了，立下決心，把對講機的事告訴她。幻聽、小光的聲音、不願忘掉死者的心情，我將這些全盤托出。她沒有笑我，聽到最後。

4

死者一定是定居在我的心裡了。是以地震前懷念的聲音，不停地吐出大奶子、小雞雞這些話的死者。藉由攝取酒精，我得以和死者溝通。當然，那個死者是我的心任意創造出來的虛構，是早已不存在世上的事物。但這個定義，也具有某些意義吧。一切的境界都是模糊的。

竹宮秋開始來訪我的公寓，接著進一步同居，她再次被我的酒量給嚇到了。

「不可以喝這麼多酒！你是不想活了嗎?!」

「我有設定休肝日，四年大概一天吧。」

「太少了！」

她尊重我和死者的時間，將其納入生活行程中。每星期幾次，只有決定好的日子，我會喝到酩酊大醉，用對講機和小光說話。除此之外的日子，我會避開酒精，努力減少酒量。

用對講機與幻聽的聲音對話的模樣，我絕對不想讓人看到。在酩酊狀態中對著玩具說話的男子，模樣肯定滑稽透頂，這一點我有自覺。我會請竹宮秋在那段時間離開公寓，請她和朋友去吃飯，或是去家庭餐廳看書，打發時間。和死者對話的過程中，我總是會不知不覺間睡著。醒來的時候已經早上了，身上蓋著毯子。

同居兩年後，我們決定結婚。我們去市公所辦理結婚登記，她原本的姓氏竹宮成了舊姓。雖然沒有舉行婚禮，但我們受到親戚和公司同事的祝福。每個人看我的表情都鬆了一口氣。這陣子我和小光的對話，也減少到每星期一次左右。相對地，和眼前的小秋對話的時間增加了。與她共度的歷史逐漸累積，不知不覺間，超過了和小光共度的年數。

「小光，我有話跟你說。爸爸結婚了。對方是小光不認識的人。」

我在酩酊狀態中對著對講機說話。這天小秋為了留我一個人在家，去影城看通宵上映的電影。幻聽的白噪音變得斷斷續續，傳出一如往常的聲音。

沙……爸爸……大奶子！……

不管經過多少年，小光的語言都沒有成長。和他同齡的孩子都揹起書包開始上小學了。

「你懂嗎？爸爸和媽媽以外的人結婚了。可是你聽好，爸爸永遠不會忘了你們。爸爸每天都會想起你們。所以你可以原諒爸爸嗎？」

好喔……再一起玩吧……

「好，就像以前那樣玩捉迷藏吧。」

好！……屁股臭臭！……哈哈！……沙……

我拿著對講機在室內走動。酒精作用讓牆壁看起來一下子膨脹、一下子收縮。我躲進壁櫃裡，關上拉門，在漆黑的狀態中傳送聲音：

「爸爸躲好囉，你猜爸爸在哪裡？」

咦……？爸爸在哪裡？……爸爸不見了！……沙……

我在黑暗中側耳聆聽對講機的聲音。地震前我們經常玩這樣的遊戲。一邊對話，一邊慢慢地說出提示，找出躲起來的人。可是這天小光怎麼樣都找不到我。不過小光是幻聽，找不到我是當然的。

爸爸不見了！……沙……媽媽在叫……

「媽媽？媽媽說什麼？」

說不可以……沙……說不可以去那邊……

小光又童言童語地說著。

沙……爸爸！……小光想去你那邊！……

我在黑暗中緊緊地握住對講機。但我只能這麼說：

「……不可以來這邊。媽媽說不可以，那就不可以了。小光，不可以害媽媽生氣。不可以哭哭。」

好……不可以哭哭……

「拜拜，小光。」

拜拜……大奶子……拜拜……

許多年過去了，福島的部分地區依然被封鎖著。政治家關於核電廠的發言，成了我投票時的重要指標。但東北逐漸復興，妻子懷孕了。

因為家庭成員要增加了，我們討論是否要購屋，結果這時公寓發生了火災。我們一起去婦產科，返回公寓的路上，消防車從我和小秋旁邊呼嘯而過。我們有了不好的預感，加快腳步。

公寓前面圍出了人牆，黑煙彌漫天空。水車開始噴水，試圖將公寓窗戶噴出來的烈焰逼回去。起火點不是我們那一戶。從受災狀況看出這件事，我們鬆了一口氣。但這時火勢已經籠罩了整棟公寓。幾個同一棟公寓的居民一臉茫然地仰望著熊熊烈火，也有人穿著居家服就這樣逃出來。

小秋走上前去，想要靠近公寓。一名消防隊員注意到，意圖制止，我搶先抓住了她的手。

「小秋！」

我呼叫，她回過頭來，一臉蒼白地說：

「房間……對講機……」

「不行，放棄吧。」

「可是……」

「沒關係的，已經沒關係了。」

我緊抓著小秋的手不放。對講機燒掉的話，就再也聽不到小光的幻聽了。但我應該更早向它道別的。

「已經可以了，謝謝妳。」

一立下決心，淚水便泛上眼眶。如果那天我陪在妻小身邊，我也能像現在這樣，緊緊地抓住即將消失在浪濤間的兩人的手嗎？我可以大喊不要走，把他們留在這個世上嗎？小秋的臉被火焰照亮。我吸著鼻子，抬起頭來，免得讓她感到不安。我還活著。因為我是陽世這邊的人。火星飛舞，化成冷灰。然後就像雪花一樣，降落在我們頭上。

孩子出生了，這次是個女孩。寶寶出生後，無法安眠的日子持續著。寶寶每隔幾小時就會餓得大哭，也得換尿布才行。睡眠不足的小秋心力交瘁地餵著母奶，我也幫忙泡奶粉用奶瓶餵奶。但女寶寶長得很快，不知不覺間就會站了，會走了，然後到了那個時期。

「爸爸！來玩！大奶子！」

接下來的育兒，我也從未經驗過。女兒的身高超過了記憶中的小光。不久後，那些惹得大人皺眉的話也不再掛在嘴上，突然變得淑女起來。

女兒上國中的時候，我也變成阿伯了。妻子和女兒長得很像，看起來也像是一對姊妹。

事情發生在某個星期天。我帶幾年前開始養的狗去散步回來，進入屋子裡，發現女兒正打開壁櫃，從紙箱裡挖出舊相簿在翻看。是我在地震中失去的前妻和兒子的照片。後來從火災現場救回了一些紀念品。雖然並非全都安然無恙，但大部分的相簿都沒有燒掉，是不幸中的大幸。

我們一起看了一陣子後，女兒準備把那些相簿放回紙箱裡。

「啊，這個……」

女兒說，拿起收在箱底的對講機。對講機因高溫而變形，藍色的塑膠熔化，連內部的電路板都燒焦了。在火災後的公寓裡，除了相簿以外，也找到了對講機，我將它帶回來了。可是後來我沒有再聽到過小光的聲音。

「欸，爸爸，這個壞掉了對吧？」

「看就知道了吧？完全不會響了。」

女兒一臉奇異，從各個角度查看對講機。她按下通話鈕，但被烤到變形的塑膠卡住，按不下去。

「可是小時候我覺得它好像發出過聲音。就像壞掉的收音機那樣沙沙沙的。是接收到奇怪的電波嗎？」

女兒闔上箱子站起來，苦笑著說：

「那聲音會說：大奶子～」

如果

我的腦袋　正常的話

1

外子喜歡社交，有許多朋友，廣受前後輩敬重，也喜歡和大夥一起開心喝酒。外子的外貌也十分出眾，我們交往的時候，我都覺得自己配不上他。婚後我們生了個女兒。祐子——這就是我們的女兒。

但是從女兒出生不久前，我就對外子萌生了近似不信任的感情。因為他的言行舉止，讓我感覺到性別歧視。丈夫會強調「男人要有男人樣」、「女人要有女人樣」。男人在外賺取收入，女人打理家中，等待男人回家。所以他不願意我出去工作，也說外出上班的他應該要受到尊敬。如果對話意見分歧，他就會生氣，說我應該夫唱婦隨。

外子的觀念是，帶小孩是女人的工作，因此他從來不會照顧祐子。即使祐子在哭，也只會對我說「小孩在哭，快點去哄」。但他似乎還是會疼自己的孩子，拍了許多照片給公司同事看，祐子生日的時候，也會買禮物給她。偶爾感覺到的他的柔情讓我安心，說服自己這場婚姻是對的。

外子喜歡運動，也會上健身房。賣力揮汗，沖過澡後，和健身房的朋友愉快聊天，然後回家。但是在家的時候，他總是大呼小叫，把我當奴婢使喚。他的父母好像就是這樣的關係。守舊頑固，但值得尊敬的父親，以及溫婉順從的母親，或許這就是他理想中的夫妻。

外子主張他打我，是因為我做錯事，是為了管教我。而我會接受他的說法，是因為感覺自己不夠好，無法滿足丈夫的期待。

祐子四歲的時候，只要和外子待在同一個房間，她就會緊張到肩膀緊繃。我很懷疑丈夫是否注意到這件事。因為外子從來沒有看過祐子只和我在一起時那安心的表情。

祐子是個聰明的孩子。因此對於外子，她會不停地抱住他，反覆地說「我愛爸爸」。她一定是本能地察覺到，只要對這個人表達愛意，就能得到他的保護、不會遭到他的危害。同時，藉由說出口來，祐子心中一定也萌生了幾許對父親的愛情。因為不管再怎麼糟糕的父母，小孩子都還是會努力去愛。被女兒抱住的外子似乎頗為受用的樣子，心情好的時候，吼人的次數也減少了。對我來說，這值得欣喜。

祐子即將滿五歲的時候，我決定離婚。參加飯局回來的丈夫又喝醉了。他一回來就直接去洗澡，但我忘了按下再加熱的按鈕，浴缸裡的水幾乎都涼了。大發雷霆的丈夫很可怕。我拚命賠罪，應該已經睡著的祐子都被吵起來了，滿臉的驚恐。

祐子只是看著父親而已，外子到底是不中意什麼？他開始遷怒祐子，破口大罵。他抬腳用力踹開祐子還很嬌小的身體。應該是因為喝醉了，拿捏不好力道，祐子整個人摔倒，頭撞到電視櫃的邊角受傷了。因為流血了，我抱起祐子，搭計程車趕往醫院。

外子笑說「那點小傷，妳太誇張了」，確實或許就像他說的。相較於出血量，祐子的傷勢很輕微。但這件事讓我改變了。我認為再這樣繼續留在丈夫身邊，或許總有一天，他會讓祐子受到更嚴重的傷。

我向妹妹訴苦，妹妹介紹了熟悉這類問題的律師。律師建議我準備女兒受傷的診斷書，以及我身上各種傷的照片。我也把外子大聲吼人的聲音偷偷錄下來。經過約一個月的準備時期後，我和祐子搬到東京都小金井市的娘家避難。離婚的要求，由律師轉達丈夫。聽說丈夫意外地沒有發飆，而是靜靜地說「請替我向她道歉」。我們的婚姻只維持了六年就結束了。

我們的關係就像處理公事般淡淡地解除了。結果對於前夫，我到最後都不曾大聲說過一句話。我在精神上早已屈服，因此根本不可能當面頂撞他，或怒罵他。

看不到前夫的生活開始了。娘家除了母親以外，還住著二十五歲的妹妹。等於是我和祐子搬進了裡面。那是段平靜的日子。妹妹對祐子很好，也許是因為變成了單親，托兒所也能優先進入。我年老的母親會牽著祐子嬌小的手，去神社散步。

離婚的原因，似乎也在前夫周圍傳開來了。我和前夫共同的朋友透過電郵聯絡，對方說得知前夫是會家暴的人，每個人都很驚訝。其中甚至也有人認為是我扭曲事實，誇大反應，故意把事情搞得很嚴重。別理他們就好了。那種一輩子都不會碰面的人要怎麼說我，都不痛不癢。

財產分配也順利結束，養育費每個月一次親手交付。不是匯入銀行，而是親手交付，是為了順便看小孩。對祐子的探視權，似乎是前夫在離婚時絕對不肯讓步的條件。律師說也可以提出拒絕探視的要求，但我心想如果接受這個條件，就可以解決一切，那也無妨，便答應了。因為祐子對我們雙方來說，都一樣是自己的孩子，我能夠理解前夫想要探視女兒的心情。不過，我要求會面地點只限於人多的街上。若是在有人的公共場所，前夫也不至於魯莽行事吧。

初夏進行了第三次的探視。祐子一早就一臉憂鬱，出門的時候也說「我不想去」。我問：「妳不想見爸爸嗎？」女兒點了點頭。她對前夫似乎沒有什麼好印象。我牽著緊張的祐子的手，搭電車前往都心。「或許爸爸有買玩具給妳喔。」我用東西釣祐子，她總算開心了一些。

前夫坐在會面地點的咖啡廳戶外座。到了第三次，我能夠比以前更平靜地面對他了。我們喝著咖啡，祐子喝著柳橙汁，互道近況。閒聊一陣後，尋找下一個話題。天空晴朗，讓人心情舒爽。時間緩慢地流過。

前夫憐愛地看著祐子說：「好像又長大一點了？」接著他提議：「我們三個能不能再重新來過？」我搖搖頭，「這樣啊。」他聳聳肩。

「那就沒辦法了，賤女人。」

咖啡廳面對公園，稍遠處就是單側三線道的大馬路，也有載著吊車前往工地的大卡車行經，因此不停地傳來震動般的聲響。

前夫站了起來。他走到坐著的我面前，惡狠狠地摑了我一巴掌，力道大到我幾乎快腦震盪了。祐子咬著果汁吸管呆掉了。前夫抓住女兒的身體，硬把人拉起來，把她拖走了。

祐子的尖叫聲引得周圍的人回頭看怎麼了。我一時站不起來。事情太突然了，我的腦袋追趕不上，下半身也使不上力。前夫和女兒逐漸遠離了。我猜他是不是要把祐子推進計程車，帶回我們以前的家，然後逼迫我過著像以前一樣的婚姻生活。雖然直接說結論，他根本沒有這個念頭。

「幫幫忙！阻止他！誰來幫幫忙！」

我不顧一切地大喊。祐子掙扎著想要甩開父親的手，但反抗不了大人的力量。她一隻手被牢牢地抓住，整個人被拖行，穿過回頭的行人之間。

我好不容易站起來，連滾帶爬地追上去。他瞥了我一眼，表情像在說「都是妳的錯」。唇角勾起，露出笑容。

「拜託！阻止他⋯⋯！」

沒有人行動。祐子抗拒地左右搖頭。扯著她的手的前夫從護欄的缺口侵入馬路。毫不猶豫，就像走上斑馬線一樣。

砰！一道巨響，卡車撞上了他。緊急煞車聲緊接著響徹雲霄。尖叫聲此起彼落。他當場死亡，祐子也沒能倖免。輪胎輾破她的腹部，頭骨也碎裂了。我衝過去，鼓勵著女兒說「沒事的，還來得及，加油」，拚命撈起掉出來的東西，想要放回她的體內。

2

我夢見在野川飛舞的蝴蝶。那聲音是不是幻聽，我難以判別。

住院期間，我被不存在的聲音以及人聲所困擾。我會聽錯一點細聲，疑神疑鬼地放大，覺得是在對我說話。一廂情願的認定讓根本不存在的話具備了與現實同等的質量。幻聽責備著我。那件事責任全都在我。祐子根本不想見父親，我卻硬把她帶去，才會害死了她。她是被強拉到車子前面的。是我害的。她是我害死的。

三年之間，我不停地自殺未遂，住院出院，被迫思考前夫的行動和心理狀態。他帶著女兒，在我面前同歸於盡。直到最後，他都非傷害我不可。每當回想起來，種種情感便攪亂了思緒，最後陷入宛如被推落漆黑洞穴的感覺。我也為身邊的人帶來了許多麻煩。妹妹幫我包紮的動作愈來愈熟練。因為我會把自己手臂抓破。

靠著抗精神病藥物，我不再像以前那樣動輒破裂了。我可以靈巧地蓋好蓋子了。可以在悲傷潰堤之前把蓋子蓋好，維持正常。

我是在出院回家療養的時期聽見那聲音的。我每天都在妹妹或母親的陪伴下，在野川的河畔散步。小金井市老家附近，有條穿過住宅區的小河，叫做野川。野川兩岸是寬約數公尺的小堤防，鄰近居民常會來這裡遛狗。

初夏的陽光傾灑在花草樹木上。蝴蝶展翅，翩翩飛舞。在野川河畔走了約十五分鐘的時候，我忽然聽見小孩的聲音。

我停下腳步。我聽見細微的小女孩的聲音，感覺風一吹就會散去。我東張西望，卻沒看見發出聲音的小孩。

「欸，妳有沒有聽到？」

「咦？聽到什麼？」

這天陪我散步的是妹妹。她做出側耳聆聽的動作。野川堤防上的草隨風搖擺，發出沙沙聲響。

「我好像聽到小孩子的聲音。」

「小孩子的聲音……？」

「是我多心吧。」

我往前走去。沿著野川往前走，有一座公園，平日的路線，就是走到公園在長椅休息一下，然後走回家。妹妹落後一些跟上來。她大學畢業後，原本在中小企業當行政，但現在待業中。除了參加朋友的飯局，物色結婚對象以外，都在家裡過著自甘墮落的每一天。妹妹擔心地說：

「是不是幻聽又發作了？」

野川和堤防的地勢比周圍的住宅區更矮上一層，住宅區的巷弄與野川交會的地點會變成橋，因此走在堤防上的我們一面穿過橋下，一面對話。回想起剛才隱約聽到的小孩子聲音，我的心涼了。因為那聲音充滿了悲壯感。那會是幻聽嗎？我聽到的是這樣的聲音：

媽媽，救我……媽媽……

即將六十歲的我的母親，每天早上都在佛壇上香。佛壇上，我父親的遺照和祐子的遺照並排在一起。那件事深深地傷了我，但母親也是被推落黑暗深淵的人之一。不過母親非常堅強，擁抱不斷地自殺未遂的我的肩膀。我很感謝母親，因此必須盡量別再害她擔心了。我必須振作起來，不用依靠母親和妹妹的幫助，再次獨立，回歸社會生活才行。

我們家的氛圍，讓我難以說出我又聽到類似幻聽的聲音了。明明母親、我和妹妹三個人，又可以像以前那樣圍著餐桌一起用餐了。因為聽到幻聽，代表我的狀態惡化了。

但小女孩的聲音不只一次而已。隔天，這次是母親陪我散步。野川沿岸是許多銀髮族的健走路線，在朝公園出發約十五分鐘的相同地點，我又聽到小女孩的聲音了。

救……我……媽媽……

聲音摻雜在鳥囀聲中，細微到必須集中意識才能聽出來。

「媽，妳有聽到什麼嗎？」

「聽到什麼？」

「像小孩的聲音。不，沒事，可能是我聽錯了。」

母親豎起耳朵。小孩子的聲音持續著。聽不出是從哪裡傳來的。不久後母親搖了搖頭。好像還是沒聽見。

我試著用雙手摀住耳朵，阻隔外界聲音。「嗡……」的低沉聲音響起。是肌肉鳴動的聲音，小孩子的聲音和其他各種聲響一起消失了。但把手從耳朵放開，又聽到聲音了。

媽媽……拜託……爸爸……

妹妹和母親都說沒聽到這聲音。母親的話，有沒有可能是因為重聽而聽不見？但日常生活中，看不出母親重聽的樣子，有時候反而是她會對我和妹妹沒注意到的門鈴做出反應。或許果然還是我的腦袋不正常，這才是現實的結論。

母親擔心地看著我，我對她笑著說我沒事。

「昨天我也在這附近聽到怪聲。」

「妳有好好吃藥嗎？」

「有啦。」

抗精神病藥物成了協助我維持日常生活的重要夥伴。今天它也和多巴胺受體結合，為我調整供給過多的多巴胺接收量。

散步結束回家後，我依然忍不住想著那聲音。我關在房間裡，躺在床上，盯著窗外的鄰家屋頂、電視機天線及藍天。我結婚搬出家裡前使用的房間在二樓。離婚後有段時間，祐子也睡在這裡。

房間角落有一臺年代久遠的錄音機，我按下開關播放。錄音帶的磁盤旋轉，祐子的聲音從擴音機傳送出來。是住在這裡的時候，好玩錄下來的聲音。雖然現在可以用手機輕鬆錄音，但錄音機有另一種不同的魅力。

我聆聽祐子的歌聲。女兒渾然不知道自己將來的命運，天真無邪地歌唱著。

在散步中聽到的聲音，只是我的幻聽嗎？或者不是？如果不是的話，那聲音究竟是什麼？我耿耿於懷。

如果是幻聽，那會不會是已經死去的祐子的聲音？但我覺得不太對。儘管聲音細微，但我總覺得那聲音和祐子的不一樣。與錄音機傳出來的歌聲比對，這樣的感覺更深了。那不是祐子的聲音，是其他小孩的。

那麼我是聽到了誰的聲音？

不過如果是幻聽的話，這並沒有什麼好奇怪的。有陌生的聲音對我說話，責備我、命令我，是常有的事。我最嚴重的時候，同一個房間裡就好像有一堆透明人。他們會把頭伸進來瞪著鑽進被窩裡的我，不停地說妳應該以死謝罪、妳才應該被車撞死。實際上，我會自殺未遂，都因為是被他們命令。那些透明人應該是我內在的投射。對女兒的罪惡感創造出他們，讓他們說出那些話。現在的我能夠如此分析。

那麼，這次的小女孩的聲音，是我什麼樣的意識在作用、創造出來的聲音？

祐子的歌聲結束，過了有錄音的地方，就變成了一串沉默。我後悔沒有再錄多一點。

每次散步，我都會在相同的地點聽到聲音。有些日子聽得很清楚，但陪我散步的妹妹好像還是聽不到。不只是妹妹，旁邊遛狗的人、健走的人，看起來也沒有人聽到。好像真的只有我才聽得見。每次我都在相同的地點停下腳步，妹妹一定覺得很奇怪吧。

我想要找出聲音的來源。是從腦中傳來的嗎？還是野川旁邊林立的人家某處傳來的？

「我可能不用人陪了。散步而已，我一個人沒問題的。而且也有手機。」某天我向妹妹和母親提議說。兩人雖然露出擔心的樣子，但還是同意了。我想一個人去散步，是有理由的。我想要去面對這不知道究竟是不是幻聽的聲音，我想再稍微好好地調查一下，這需要一個人行動。

調查之後，如果發現果然是幻聽，確定只是我的腦袋有問題，這樣就好。如果是只存在於我腦中的幻聽，那就沒問題了。這是最和平的結果。

但如果我的腦袋正常的話，那就很不幸了。如果我的腦袋正常的話，就代表或許真的有個女孩發出了這樣的求救聲。我必須查出那聲音來自何處，伸出援手。如果我的腦袋正常的話……就必須為此憂愁，實在諷刺。

3

實際上有段時期，我真的聽見應該已死的祐子的聲音。是即將住院前，在家中療養的某一天。

「媽媽……媽媽……」

不知何處傳來祐子的叫聲，我整個人驚慌失措。那千真萬確是女兒的聲音。

「救我，媽媽……」

因為我一直想著她，所以她為我回來了嗎？世上真有這種奇蹟。我理所當然地接受了女兒的聲音。妳在哪裡？我想要看看她，想要緊緊地抱住她，找遍了整個房間。床底下、壁櫃深處、抽屜，哪兒都找不到她的人影。即使靠近聲音的方向，聲音也立刻又遠離了。去到房間角落，聲音就變成從牆壁另一頭傳來。或許祐子在外面。我離開房間，走下樓梯。在玄關趿上拖鞋，衝出戶外。

「媽媽……」

我朝著聲音傳來的方向，在住宅區行走。風意外地冰冷，身體一下子就凍僵了。我一面移動，一面定睛查看圍牆之間、籬笆縫隙等只有野貓才能鑽過的地方，呼喚著女兒的名字。我覺得祐子蹲在那種地方，正在哭泣。得快點找到她才行，否則她又會不見了。我陷入焦躁，拚了命尋找。

擦身而過的行人看到我，露出驚愕的表情。我發現我沒有化妝就出門了，頭髮也亂七八糟。相對於路人都穿著厚重的大衣，我穿得實在太單薄，嘴唇一定也都凍得蒼白了。

不久後，女兒的聲音消失了，我束手無策。我呆坐在神社，妹妹趕來，替我披上外套。她說附近的人看到我，通知了家裡。

「我聽到祐子的聲音……」

我覺得必須解釋才行，聽到我這麼說，妹妹眼眶泛淚，點了點頭。

我經常想起前夫抓著祐子的手走向馬路的背影。汽車交會的馬路是冥河，他想要帶著女兒經過那條河。把女兒帶走，是為了報復我嗎？還是因為一個人上路太寂寞？他說「能不能三個人重新來過」的時候，我應該點頭的。我應該做出維護他的自尊心的回答的，我應該一輩子屈服於他過活的。再怎麼天大的煩惱，比起孩子被帶走，感覺都不算什麼。

我攏起外套前襟，望向神社境內。不知不覺間下雪了。白色的粒子緩緩地飄舞，落至漆黑的地面。我心想：啊，現在是冬天。

散步總是在午後進行。妹妹經常陪我一起去，雖然應該也是擔心我，但或許也有部分是因為她沒有在工作，感到心虛，不好待在家裡。我宣布不需要人陪我散步的隔天，她嘀咕著「就沒有可以不用工作的方法嗎」，去就業服務站了。

平常的話，我都會在早上固定的時間服藥。是醫生開的抗精神病藥物，用來治療思覺失調症或躁鬱症的精神科處方藥物。幻覺和幻聽的理由之一，是中腦邊緣系統的多巴胺神經過度活躍。抗精神病藥物有抑制多巴胺神經活動的效果。之前狀況很糟的時候，我服用強效藥物，但最近醫生改開副作用較少，但效果也較緩和的藥物。

如果在散步路上聽到的孩子的聲音是幻聽，就表示這種藥沒有效。是我對藥物出現耐受性了嗎？也許是藥效開始消退的時間，和午後散步的時間剛好重疊在一起。

我覺得手中的白色藥片，可以成為判斷小女孩的聲音是否為幻聽的線索之一。我刻意早上沒有服藥，將藥片藏在口袋裡。

我想到了接下來的計畫。不吃藥出門散步，首先確定會不會聽到小女孩的聲音。如果聽到，就當場服藥，看看小女孩的聲音是否會出現變化。如果小女孩的聲音有變化，代表聲音與我腦內的多巴胺吸收量有關，可以判斷極有可能是幻聽。

很久沒有不吃藥迎接下午了。我和母親一起吃過午餐，到了散步時間，我在手提包放入水壺，穿上運動鞋出門。母親擔心地目送我。

「有什麼事要打電話回來。」

「嗯，我知道。」

這個時候我算是比較平靜。但是開始在野川旁邊走路，被散步中的狗吠叫後，一股毫無根據的不安便開始襲上心頭。

失去祐子那天的事突然重回腦海，讓我無意識地發出呻吟。我聽說中斷定期服用的抗精神病藥物時，症狀會暫時惡化，或許就是這種情況。我一個人在外面行走——這樣的解放感消失後，孤單與不安反而逐漸膨脹。

一直盯著腳下行走，我看見無數的螞蟻群聚在昆蟲屍體上。穿過幾座架在野川的橋底下，聞到死魚般的臭味。所有的一切都讓我聯想到死亡，與祐子的記憶直接連結在一起，令我胸口苦悶。但我仍然繼續前進，來到了總是聽到小女孩聲音的地點。

我停下腳步，側耳聆聽，聽見啜泣般的聲音。

媽媽……

半晌間，我就聆聽著那聲音。聽起來和之前完全相同。並沒有因為未服藥，聲音就變得更清晰。我東張西望，前後只有野川和堤防延伸而出，沒看到小女孩。夾著野川和堤防，高出一層的地方是住宅區，並排著許多透天厝。

媽媽……媽媽……

我從口袋掏出藥片含進口中，用水壺的水沖下肚。我必須待在這裡，直到藥效發作。我服用的這種藥，約一個小時會達到血中濃度最高點，接下來花上好幾個小時的時間，濃度緩慢地下降。

我看著野川的水面，聽著小女孩的聲音。妳是誰？妳在哪裡？如果我對妳說話，妳會回答我嗎？但是如果被人看到，我會立刻被送進醫院，現在還是先別這麼做吧。期間有許多人經過，但沒有任何人注意到聲音，停下腳步。三十分鐘過去、一個小時過去了，我依然聽到小女孩的聲音。聲音的大小和內容，幾乎沒有變化。

這表示聲音和腦內的多巴胺的量無關嗎？如果要決定是不是幻聽，我想投「不是」一票。不是幻聽。應該說，至少它不是會受到抗精神病藥物影響的種類嗎？

母親打了我的手機，是在擔心我。

「嗯，我要回去了，我沒事。」

我對著手機說，準備離開。好像到了差不多該回家的時間。

但我還想再做一件事。野川河邊的堤防，相隔一定的距離，設有爬上住宅區的階梯。我爬上那階梯，走進透天厝並排的道路。這是有妹妹和母親作陪時無法做到的事，等於是偏離了平常的散步路線。

媽媽……

我聽著小女孩的聲音移動。聽不見的話就折返，回到聽得見的地方。像這樣在住宅區四處巡繞的過程中，我回想起聽到祐子聲音那一天的事。沒有化妝，也沒有梳頭，在路人驚嚇的目光中，深信女兒一定就在某處。深信祐子回來了，就只等我去找到她。因為有過那次經驗，這次我非小心謹慎不可。我第一個應該懷疑的，是自己的腦袋。就算聽到聲音，也不該將其視為事實。

我鎖定聽見小女孩聲音的範圍，去到了中心的地點。是沿著野川而建，隨處可見的透天厝。屋齡約二十年吧。窗戶緊閉，窗簾也全部拉上。各種郵件從信箱滿出來，一看就知道好幾天沒有清了。雖然沒有車子，但有一輛女童三輪車，以蒙塵的狀態放置在停車場角落。應該就是這裡沒有錯。不知道是不是幻聽的聲音的來源。

屋子裡傳出聲音。

救救我……

我猶豫該不該按門鈴。按下門鈴，會發生什麼事？會有人到玄關應門嗎？還是不會有人出現？就觀察到的印象，屋子裡沒有人住的樣子。但我依然聽得到小女孩的聲音。

媽媽……爸爸……我好冷……

眼前的二樓建築物裡面，真的有小女孩嗎？停車場有輛三輪車，它的主人就是發出求救聲的小女孩嗎？

我在屋前左右徘徊，鄰居走了出來。是個拿著社區聯絡板的中年婦人。我們四目相接，我頷首行禮。

「妳找這一戶的話，他們很多天沒回來了。」

婦人說。她好像以為我找這戶人家有事。正好。我問：

「這戶人家是不是有小女孩？」

我很久沒有和家人以外的人交談了，所以很緊張。眼前的人不瞭解我的各種私人狀況，我不能表現出奇怪的樣子。

「有啊，大概三歲，還是四歲？現在應該跟爸媽去旅行吧。」

「旅行？」

「好像說要去外婆家還是祖母家吧，最近都沒看到人。」

中年婦人理所當然地說，但小女孩的聲音依然從屋裡傳來。這迫切的聲音，婦人似乎完全聽不見。見我沉默不語，帶著社區聯絡板的中年婦女離開了。

我立下決心，按下這戶人家的門鈴。但不知道是不是故障了，屋內沒有響起鈴聲。推開玄關門嗎？但一定鎖著吧。

不，今天已經夠了。光是查到是哪一戶，就算大豐收了。回去休息吧。後續下次再來，對，比方說半夜的時候……

4

回到家後，母親一臉安心地迎接我。她問我很久沒有一個人外出了，感覺怎麼樣？我說覺得很舒服。沒多久妹妹從就業服務站回來，但臉色不太好。好像找不到待遇令人滿意的職缺。

晚餐時間，播了一則可怕的新聞。有個情緒不穩定的女人任意闖進別人家，站在小孩子枕邊。警方接獲報案趕到，壓制女子，但女子不停地做出莫名其妙的發言。我看著那則新聞，感到心有戚戚焉。情緒不穩定的女子的照片沒有公開在電視上，但她或許有著和我一樣的表情。母親和妹妹也停下用餐的手，看著那則新聞。

夜深之後，我回到房間，只睡了一下。我夢到祐子。被鬧鈴叫醒，看看時間，深夜兩點了。

如果那聲音不是我的腦袋捏造出來的幻聽，而是透過空氣傳播的音波，那麼除了我以外的人聽不見，就太奇怪了。如果要做出符合邏輯的解釋，當成我的幻聽是最合理的。但我開始思考其他的可能性。

這會不會是靈異現象、神秘現象，或是預感這一類的現象？比方說，那戶人家裡面，有一具因為某些原因遇害的小女孩屍體。她的鬼魂的聲音，就只有我聽得到。

……不能告訴妹妹或母親。如果我一本正經地說出這樣的推測，她們一定會臉色大變，跑去找醫生求助。

好了，出發了。我整理好行裝，安靜地走下樓梯。在玄關穿上鞋子。手在發抖，沒辦法順利綁好鞋帶。現在剛好是藥物失效的時段。隨著對藥物的耐受性增加，我的多巴胺受體的接收量也變得比常人更高。因緊張而釋放出來的多巴胺，帶來近似強迫觀念的思考，讓我覺得我會永遠綁不好鞋帶，就這樣一直綁到早上，恐慌起來。我咬住嘴唇，免得尖叫出來，放棄綁鞋帶，直接外出。

夜風涼爽。天空掛著月亮。住宅區的人家一片寂靜，但野川旁的草叢裡傳來蟲鳴。我趿著拖鞋，走向聽見小女孩聲音的地點。拖鞋？我不是直到剛才都還想要綁鞋帶嗎？算了。應該是綁不好鞋帶，改趿拖鞋出門了。

總之，我非常在意那戶人家。我必須走到屋子旁邊，從窗戶窺看裡面才行。或許從窗簾隙縫間可以看見屋內，目擊到呼救的小女孩屍體躺臥在地上。

野川旁邊的堤防沒有路燈，因此腳下極端黑暗。多虧了住宅區的門燈以及月光，我才沒有跌倒，繼續前進。

媽媽……

來到聽見小女孩聲音的地點了。從野川旁邊爬上階梯，前往地勢較高的住宅區時，腳底刺刺的，低頭一看，我打著赤腳。拖鞋不知不覺間脫落了吧。

我打赤腳經過住宅區，來到那戶人家前面。小女孩的聲音持續作響，無法判別屋內有沒有居民。停車場沒有車，因此屋主可能還沒有回來，但也無法否定這戶人家本來就沒有車的可能性。窗戶一片漆黑，但這應該沒有什麼不自然。

因為現在是深夜兩點多，即使屋裡有人，這時間也都睡了。

白天會被路人制止的行為，現在的話，也可以在夜色掩護下付諸實行。我立下決心，赤腳走向門廊。腳底的觸感，從粗糙的混凝土變成正方形地磚冰涼的感覺。我抓住門把想要開門，但是不行。門鎖住了，一動不動。

媽媽……

聲音很微弱。得快點找到那孩子才行。必須安慰她才行。

腦中浮現那天的事。祐子一隻手被拽住，人被拖走時，如果我能夠立刻行動的話……如果我能抓住她另一隻手的話……

我蹲下身體，調整呼吸。不是為過去的情景崩潰的時候。我有沒有叫出聲來？我忍住大叫了嗎？左右環顧。周圍的住家似乎沒有窗戶亮起來，居民探頭查看發生了什麼事。很好，沒問題。我好像沒有叫出聲音。

尋找窗戶吧。我沿著外牆移動。屋旁與圍牆間有隙縫，設置著空調室外機等。室外機上擺著空花盆。有疑似浴室的窗戶，但不是可以看進裡面的玻璃窗。我正要經過時，聞到一股臭味。是中人欲嘔的惡臭。換氣扇在運作。浴室裡有什麼嗎？

這時一道光從旁邊射來，已經熟悉黑暗的我的眼睛被刺到幾乎痛起來。有人探頭查看圍牆和房屋外牆間的隙縫，用手電筒的光對我射來。

「……姊。」

是妹妹緊張僵硬的聲音。

「妳在做什麼？我們回去吧。」

原來是妹妹。我原本放下心來，但想要解釋來龍去脈而走出屋牆與圍牆的隙縫間時，戒心升級了。妹妹背後有疑似從派出所騎自行車趕來的警察。是中年男子與青年的搭檔。應該是母親或妹妹發現我不在房間而報警了。

我在屋前與他們對峙。妹妹和兩名警察看著我的腳下。我感到尷尬。

「拖鞋在路上掉了。」

我支吾起來。該怎麼說明才好？思考散漫無章。三人的眼神好可怕。他們的眼睛並沒有像魔鬼一樣眼梢吊起，若要形容的話，他們正用一種憐憫的、難以形容的神情看著我。這讓我害怕。

他們一定是把我當成深夜在路上徘徊的情緒不穩定的女子。他們誤會了，我必須指正才行。不，這是誤會嗎？會不會其實他們才是對的？小女孩的聲音仍持續呼救，但三人似乎聽不見。

「那個，我很擔心這戶人家……我聽到小女孩的聲音……」

「姊白天也來過這裡呢。」

「咦？」

「我很擔心，跟媽討論了一下。我假裝去就業服務站，遠遠地看著姊。」

原來這就是她能如此迅速、精準地跑來這裡找到我的理由。

「回家吧，媽也在擔心妳。」

妹妹後方，兩名警察交換眼神。他們似乎在思考該如何行動。如果我逃跑，他們會立刻撲上來壓制我吧。然後直接把我送醫嗎？

「呃，嗯，我知道了。回家吧。」

我點點頭。冷靜地來看，現在的我很不正常。這點事我還明白。不能在這時候抓狂反抗，或大吼大叫。或許不用急著現在解釋。再另外找時間，和妹妹跟警察討論就好了。雖然不知道他們會不會相信這戶人家裡面可能有小女孩的屍體，但至少應該可以請他們找出屋主，確定孩子的安危。如此就能解決一切了吧。

「抱歉給大家添麻煩了，回家吧。」

我說，妹妹和兩名警察散發出鬆了一口氣的感覺。但這時我聽見了。

是誰……？媽媽嗎……？媽媽在那裡嗎……？

我回頭看那戶人家。看著屋牆與圍牆間窄小的縫隙，以及深處疑似浴室的小窗。

小女孩的聲音內容第一次出現了變化，就彷彿她聽得到我和妹妹的對話。

或許──我想到某個可能性。我的腦袋正常嗎？不知道。可是如果聲音是真的，現在就這樣打道回府，真的好嗎？

「姊，怎麼了？」

「嗯。那個，對不起，整天給妳添麻煩。」

我對妹妹說，掉轉身子，朝屋子發足狂奔。

身體沉重得要命，感覺腳好像綁了鉛塊。我進入屋牆和圍牆的隙縫間，往裡面鑽去。妹妹發出制止我的聲音，手中的手電筒搖晃起來。光圈劇烈搖晃，我的影子像鐘擺般擺動。空調室外機上的空花盆被照亮了一下，再次沉入黑暗。

我邊跑邊抓起它們。

感覺兩名警察慌忙追了上來。我繞到屋後，那裡是一片荒廢的庭院。

我找到疑似客廳窗戶的縱長玻璃，將手中的花盆砸上去。窗玻璃嘩啦一聲碎裂了。碎片撞在拉起的窗簾上，落到地面。沒有時間伸手進去開鎖。窗框上還嵌著碎玻璃，但我不理會，跨足侵入室內。碎片尖端刺到了臉。赤腳的腳底一陣疼痛。踩上玻璃碎片時，好像被扎到了。

拉開窗簾，月光灑進室內。眼前是別人家的客廳。一片漆黑的室內，只看得出電視和沙發的輪廓。我幾乎是摸索的狀態，在屋內前進。我要找的是浴室。我已經從外牆掌握了大致的位置，伸手扶著牆朝那裡前進。

來到走廊，進入黑暗深處。用手腕抹臉頰。好像在穿過窗戶時割傷流血了，有濕黏的觸感。

通往脫衣間的入口。洗臉臺和洗衣機，再裡面就是浴室。折疊門上嵌著仿霧面玻璃的半透明塑膠板。不過浴室裡也一片漆黑，幾乎什麼都看不到。

有人抓住了我的手。警察在我背後。我想要甩開，但男人的力氣很大。我忽然想起了祐子。想到被前夫抓住手臂，搖著頭抗拒，卻仍被拖走的女兒。我把自己現在的狀況和那時候的祐子重疊在一起了。被硬是拖行，在馬路被車撞時，她不曉得有多麼地害怕。過去我無數次回想起那瞬間。上千次，上萬次，甚或更多。我沒有一天不想到那一幕，每一次胸口都整個堵住了。我無法呼吸，淚水奪眶而出。前夫拿自己的生命做為代價，留下了折磨我一輩子的傷痕。憤怒的同時，我悲哀起來。你的人生到底算什麼？你活到那一刻，到底是為了什麼？你就那麼恨我嗎？就那麼無法原諒用離婚這種形式反抗你的我嗎？種種情緒一湧而上。

我尖叫起來。不是說話，而是發出原始的吼叫。是分不出憤怒或悲傷，直到最後都不敢大聲反駁他、無用的我絞盡渾身之力的吶喊。

警察的手突然鬆了。不是放開了我，或許是被我的叫聲嚇到，但更應該是因為血而手滑了。之前擦拭臉頰的血留在我的手腕上。

瞬間我獲得自由，跌了個四腳朝天。我立刻爬起來，用身子衝撞浴室的折疊門。浴室打開了。

惡臭衝入鼻腔。浴槽被蓋起來，縫間伸出蓮蓬頭的管子。光閃動著。手電筒的光從背後射進來。是拿著手電筒的妹妹從警察後面過來了嗎？我靠近浴缸，匆匆打開蓋子。後方傳來倒抽一口氣的聲音。

「媽媽……」

聲音微弱極了。目光空洞，彷彿什麼都看不見。極度衰弱，好像連我俯視著她都沒有發現。雙手雙腳被膠帶捆了起來。拉進浴缸裡的蓮蓬頭微微地淌著水滴，就放在小女孩的嘴邊。她一定是依靠那水來解渴。我輕觸蜷縮在浴缸裡的小女孩肩膀。小女孩微微動了動。

「媽媽……？」

還活著。趕上了。我抓住她了。小女孩的身體輕得可怕。我將她的上半身摟進懷裡。不是幻覺，是真實的觸感。

小女孩被緊急送醫，保住了一命。沒辦法從小女孩口中問出她到底在浴缸裡過了多少日子。聽說如果再晚上一兩天才發現，她可能已經沒命了。如果那天晚上我沒有強勢破門入內查看，不曉得會有什麼後果。也就是說，把只有我才聽得見的聲音當成可能是還活著的孩子的聲音，並沒有錯。

小女孩的父母在各別的地方找到了。據說母親似乎不知道小女孩的狀況，大吃一驚。她說和丈夫大吵一架後，搬出家裡，在遠地一個人生活。把小女孩塞進浴缸的是父親。他放棄照顧女兒，搬進女友的公寓裡。他在偵訊中表示，他想要當做沒有這個女兒，忘了她這個人。

父親捆住女兒的手腳，把她塞進浴缸裡，命令她不許大叫，並把蓮蓬頭拉進浴缸裡，放在女兒的頭旁邊，調成流出一點水滴。小女孩沒辦法爬起來，但靠著啜飲在臉旁邊積出來的一攤水存活下來。

父親這樣的行動，背後究竟是什麼樣的心理？沒有東西吃，小女孩橫豎都會沒命，他是打算在那之前回來嗎？還是想要藉由讓她有水喝，好免去殺死她的罪惡感？專家學者在節目上陳述意見，但詳情不明。玄關門鈴壞掉，好像也是父親弄的。好像是害怕有人按門鈴，讓小女孩發出求救聲。

小女孩在浴缸裡，連廁所都沒辦法去，但因為浴缸蓋著，才能免於失溫。她好像聽從父親的命令，結果衰弱到連大聲求救都沒辦法了。呼喚父母的微弱聲音，徒然悶在浴缸裡消失了，卻不知為何只有我聽見了。

我又被叫去警署問話。我說明我在野川旁邊散步，聽到小女孩的聲音，最後找到那戶人家的經過。關於破窗而入這件事，我表達歉意。但警方理解當時狀況緊急，所以好像不會向我究責。

為什麼只有我聽得到聲音？是因為抗精神病藥物的關係，讓我的聽覺變得特別敏銳嗎？

不，沒有聽說過這種副作用。這是無法用道理解釋的。警方、醫生、妹妹，所有的人都對這個現象百思不得其解。母親說，會不會是失去孩子的我的心理，和求救的小女孩的祈禱偶然重疊在一起了？她說，世上即使有這樣的奇蹟也不為過。

「對不起，那天晚上我誤會姊姊終於病入膏肓了。」

妹妹向我道歉。我搖搖頭：

「沒辦法的事啊，因為我連鞋子都沒穿。」

要是看到有人以那種狀態在住宅區徘徊，鑽進別人家的外牆和圍牆隙縫，還是應該要帶回警局吧。我無法責備妹妹，那天晚上的事，成了我們之間的笑談。

被玻璃割傷的臉頰和腳底的傷很快就癒合了。身體的傷痛很快就會痊癒，令人慶幸。我還在服用抗精神病藥物，但相較於之前，情緒安定了許多。應該是與小女孩的交流，帶來了正面的影響。

我在妹妹陪同下，開始頻繁地探望住院的少女。一開始小女孩沒什麼表情，但漸漸地笑容增加了。我唸故事書給她聽，教她配合手勢唱歌玩耍。我可以為她做到好多沒辦法為祐子做的事，一邊玩著，我幾乎快哭出來了。這孩子不是祐子，我也不是她的母親，但我們必須相依相偎，療癒彼此。

野川河邊的散步習慣仍然持續著。最近我開始想起和祐子一起在那裡散步的事了。在我的記憶中，祐子追逐著蝴蝶，大聲歡笑。她就像一陣清風，拂過被綠色的草地覆蓋的河岸。不只是悲傷的記憶而已，往後我應該也可以回想起與她共度的快樂時光。

晚安，孩子們

1

我是獨生女。小時候體弱多病，總是在看書。父親喜歡電影，經常帶我去電影院。母親喜歡唱歌，會在我睡不著的時候唱搖籃曲給我聽。母親的歌聲非常動聽，就像是從雲間灑下來的燦陽。我死掉的時候，父親和母親是否為我悲傷難過？

我在大型遊輪的房間裡和小朋友們玩著撲克牌，忽然一道貫穿地板般的撞擊震動整個船體。牆壁吱嘎作響，引擎震動聲消失，變得一片寂靜。開始傾斜的船隻響起了廣播聲。廣播說著船有可能沉沒，要乘客聽從船員指示，搭上救生艇。

「愛菜，我好怕！」

年紀比我小的孩子們丟下撲克牌，喊著我的名字，緊緊地抱住我。加上我總共有七個人。我是年紀最大的，因此被兒童學校的大人們任命為隊長。

「不可能的，這麼大的船，才不會沉沒。」

一個孩子說，但我知道他是在逞強。因為他的眼神顯得很不安。

我們離開房間，朝有救生艇的甲板走去。船隻似乎朝船首傾斜了。原因是什麼呢？觸礁了嗎？還是撞到冰山了？在通道上移動的期間，傾斜突然變得陡急，船體似乎不堪負荷，發出支解般駭人的聲響，那聲音彷彿天崩地裂。

孩子們尖叫起來。我也害怕極了，但還是握緊孩子們的手，安慰他們「沒事的」。我把他們當成和自己有血緣關係的親弟妹一樣，我必須保護他們。

走出甲板，每個人都緊抓著扶手。船員們站在角度變得宛如溜滑梯的地板，引導乘客。救生艇的大小約五公尺，平常都收在甲板牆上一字排開。在船員操縱下，一艘艘救生艇用吊車吊起，貼在甲板旁邊，待乘客上船後，再放下海面。似乎會優先讓孩童和女人上船，船員一看到我們，便招手要我們快點上船。

「我好怕！我不要坐這麼小的船！」

孩子們哭嚷，我安撫他們，讓他們上船。最後輪到我要上船的時候，吊著救生艇的數條纜繩之一斷裂了。救生艇像盪鞦韆一樣搖晃起來，我失去平衡，腳下一滑。

「愛菜！」

孩子們尖叫。吊在半空中的救生艇，距離海面有約二十公尺的高度，我墜落下去。撞擊水面的瞬間，一陣硬物撲打上來的衝擊籠罩全身。

我在起伏的波濤間掙扎。濕掉的衣物有如千斤重，手腳動彈不得。海水漫上臉部，侵入口鼻。大遊輪的船腹就聳立在眼前，但它拉扯著周圍的水，即將沉沒。我被捲入那漩渦了。隨著大量的泡沫，即將被拖入冰冷的海中。

無法呼吸。恐懼與混亂。然後我拋棄了意識。過去的人生變成一段段影像掠過。是宛如隨機抽取的連串記憶。

小時候玩耍的地點風景。

和父親玩投接球。

和母親打網球那天的夕照。

成為運動保送生，大家幫我開慶祝會的夜晚。

和男友在車子裡接吻的場面……

不對啊，我還沒有交過男朋友，也不曾和異性接吻過。和父親玩投接球？和母親打網球？根本沒有這些事。而且父親和母親的臉根本就不對。運動保送生？我這輩子應該跟運動沾不上邊才對啊？

「停！停！」

女人的聲音傳來。

不知不覺間，泡沫消失，擠壓全身的水壓和冰冷也不見了。眼前有一片銀幕。投影機「喀啦喀啦」旋轉著。周圍亮起來後，我看見自己身在何處了。好像是電影院裡面，而且是有點老舊的建築物，腳下是木板地，座位也不是彈簧座面，而是木頭椅子。我剛剛應該還在海裡，怎麼會跑到這種地方？身體也沒有濕，那是在作夢嗎？

「好像發生問題了，中斷走馬燈。」

我旁邊的座位坐著一名女子。皮膚白皙，頂著一頭筆直的金髮，眼睛是藍色的。穿著簡素的白色服裝。

走馬燈？我記得那是一種特製的燈籠，會一邊旋轉，一邊映出剪影。據說人將死之際，會在幾乎一瞬之間，回顧人生中的各種場面，記得這好像就被形容為走馬燈體驗。

「愛菜。妳的名字叫愛菜，對嗎？」

金髮女子問。我沒辦法順利出聲，點頭回應。女子看著手上的文件。

「妳遇到海難，沉入海中了。妳記得嗎？」

「啊，記得……」

文件似乎寫著關於我的資料。聽到別人這麼說，我心想那果然是事實嗎？

女子一臉抱歉地說：

「走馬燈的內容與妳的人格之間有誤差。對不起，好像不小心播到別人的影片了。」

「影片？」

「是將隨機抽出的記憶片段剪輯在一起而成的影片。製作走馬燈影片播放，是我們天使的工作。」

「咦？天使？」

「沒錯，天使。我是天使伊莎貝兒，是妳的接待人員。」

眼前的女子，外表確實與我心目中的天使形象相近。雖然頭頂沒有光圈，背上也沒有翅膀，但有著近似藝術品的美，而且又穿著輕飄飄的白色衣服。

「請在這裡稍等一下。」

伊莎貝兒說完，不知道去了哪裡。電影院門口傳來聲音。幾名天使外表的人聚首商議著。他們不停地瞄我，讓我不安害怕起來。伊莎貝兒回來說：

「我和負責播放影片的天使談過了。愛菜，好像因為一些差錯，收到了別人的走馬燈。我們先離開這裡吧。得為下一個人播放走馬燈才行。來，妳站得起來嗎？」

我踉蹌著，在自稱伊莎貝兒的女子帶領下移動。我們走出門口時，一名青年被天使外觀的女子牽著走進影院。我認得那張臉。我在船上和他打過招呼。

「我到底怎麼了？我確實在船上，也掉進海裡了吧？」

我問伊莎貝兒，而她的回答也有一半不出所料：

「妳冷靜聽我說，愛菜，妳已經死了。」

電影院的大廳被蜂蜜黃的淡光所籠罩。因為照明的玻璃罩用的是黃色的彩繪玻璃。牆壁是灰泥，有幾處掛著鏡子。人類與天使外表的人，正兩人一組在排隊。所有的人都默默無語，氣氛森嚴。

「這裡就是死後的世界……」

「是死者之國的入口，或是大門。」

「沒想到人死了，會被帶到電影院。」

比起悲傷，我更感到困惑。

「這一切都是概念，是形而上的事物。讓這個地點看起來像電影院的，就是妳自己。」

「什麼意思？」

「妳從自身的經驗當中取出吻合的意象，據此來認識。我說的話，應該也變換成妳容易理解的形式。唔，這些不重要。愛菜，重要的是妳的走馬燈影片跑去哪裡了？怎麼會播到別人的走馬燈呢？」

「……和我在一起的孩子們怎麼了？」

我很擔心乘上救生艇的小朋友們。

「我確認一下。」

伊莎貝兒用大廳的電話聯絡了某處。她向我招手，說「告訴我他們的名字」，我逐一說出。

伊莎貝兒放下話筒看我：

「那些孩子應該很快就會過來這裡了。」

「怎麼這樣……」

「因為妳落海，孩子們陷入恐慌，不聽大人制止，隨便亂動，導致救生艇在空中失去了平衡。結果很可能會有好幾個人溺死。從目前的狀況，可以推測出這樣的未來。」

「未來？那，大家還沒有死掉嗎？」

「我剛才說的情節，是這個時間點最有可能的未來。我之所以說得這麼拐彎抹角，是因為天界和陽世，時間的流速差異極大。」

伊莎貝兒說明，被稱為天界的此處，時間的流速會配合全人類死者的數目逐一變動。目前全世界每秒約有一．八人死去。但通往死者國度的門，也就是上映走馬燈的電影院只有一個地方。必須讓每個步入死亡的人觀看走馬燈，因此如果正常來說，應該會處理不完，導致此處被死者塞爆。為了避免這種狀況，這個地點的時間流速非常地快，相對地，現實世界的時間流速則是非常緩慢。

「走馬燈影片的長度因人而異，但平均約三十分鐘。假設交換影片、帶人領人需要五分鐘，那麼一名死者需要花上三十五分鐘，也就是兩千一百秒。因此⋯⋯」

伊莎貝兒想了一下，說：

「在妳生活的世界，時鐘秒針行走一秒的時間，這個世界的時鐘會前進一小時。附帶一提，在大廳排隊的時間不包括在內。他們就像是即將死亡的人的影子，本質的部分還在地上的肉體之中。先不管這個，愛菜，妳落海而死後，並沒有經過多久。在地上，妳才剛因為氧氣無法送達大腦而陷入腦死狀態而已。」

看來在現在這一瞬間，救生艇上的孩子們正以現在進行式陷入恐慌狀態。這樣下去，幾秒後掛在吊車上的小艇就會失去平衡。伊莎貝兒說天使們如此推估。

「都是因為我掉下去……」

我沒有保護好大家。一陣心酸懊悔，淚水湧上了眼眶。伊莎貝兒摟住我的肩膀，讓我在旁邊的長椅坐下來。

「別哭，人總有一死。妳看。」

伊莎貝兒指著電影院的正面玄關。許許多多的人正在排隊，人龍都排到外頭去了。戶外是夜晚，閃爍著紅色和藍色的星星。小丘上有像老車站的建築物，人們正從停在那裡的蒸汽火車走下來。人種不同，年齡各異。從山丘來到電影院的路上，每個人都有一名天使相隨陪伴。

「一名死者會由一名天使帶領。妳應該不記得了，但妳也是像那樣到來，在我的陪伴下，在這處大廳排隊等待。所有的人都會在前面的電影院觀看走馬燈，回顧自己的人生，然後消失。妳本來應該也會如此……。愛菜，我們去找妳的走馬燈影片吧！必須查清楚怎麼會鬧出這種問題才行。」

「可是，我的走馬燈不重要。沒看也無所謂。」

我一個個想起把我當成姊姊仰慕的孩子們，嗚咽起來。比起我自己死掉，害死他們帶給我的打擊更大。

「我瞭解妳的悲傷。但我們天使是不能就這樣算了的。這是我們的工作。可以請妳幫忙找走馬燈嗎？如果妳願意幫我，我想想，做為交換條件，我可以幫妳救助救生艇上的孩子們。」

伊莎貝兒以充滿慈愛的眼神看著我。

「我沒辦法讓已死的妳復生，但救生艇上的孩子們或許為時未晚。不過，除非解決走馬燈的問題，否則我無法去做別的事。和天主的契約就是如此規定。所以我們快點行動吧。這裡的一小時，是那裡的一秒鐘。如果無法在幾小時內解決問題，孩子們就要掉進海裡了。」

那些孩子還有一線生機？這是我這輩子聽過最棒的消息了。雖然我的人生已經結束了。自稱伊莎貝兒的天使說的話，為我帶來了希望。

「我會幫忙找走馬燈……！」

我站起來宣言。

2

伊莎貝兒往電影院後門走去。穿過又暗又長的通道後，伊莎貝兒取出一塊穿了繩子的木牌，掛在我的脖子上。牌子上寫著陌生的文字，畫著像天使翅膀的圖案。

「這是進入天界的入場許可證，千萬別弄丟了。如果身上沒有牌子，會被抓起來，用神之火燒燬。」

「燒燬……?!」

「會被視為非法入侵的惡魔的使者。因為惡魔的工作就是妨礙我們。來，愛菜，這裡就是天界。」

伊莎貝兒推開電影院的後門。外面光線耀眼，扎得眼睛都睜不開了。電影院正面是夜晚，這裡卻是陽光普照。雖然瀰漫著白色的霧靄，但似乎其實是雲。大小各異的雲朵貼著地面流過。腳下是綠色的草皮，有一條石板路延伸而出，翡翠色及紅寶石色的鳥兒們啁啾嘻玩著。

遠方有幾棟巨大的建築物，造型讓人聯想到神話世界，但也許那也都是形而上的外觀，是我的記憶和經驗讓它們看起來如此而已。如果和我不同宗教觀的人站在這裡，看到的應該會是不同的景象吧。

「好了，第一步要怎麼做呢？」

伊莎貝兒問我。

「這種事難得發生，我也不知道該如何處理才好。人類弄丟東西時，都會去哪裡找？」

弄丟的東西，指的是我的走馬燈吧。

「如果是我，會去找它原本放置的位置……」

「說得有理。那麼，我們先去走馬燈保管庫吧。」

伊莎貝兒避開飄過來的雲朵，往前走去，我跟了上去。即使碰到雲也不會怎麼樣，就覺得涼涼的而已，但我學伊莎貝兒避開雲朵。路上和各種膚色、髮色的天使們擦身而過。不只是女天使，也有男天使，個個都是俊男美女。伊莎貝兒為我說明一些建築物。有教育天使的校舍和圖書館，我覺得很像大學。

「看到了，就是那裡。」

走馬燈保管庫是小河對岸一幢圓形的建築物。沿著外牆，並列著帶有裝飾的圓柱，許多抱著像膠捲罐的東西的天使在門口來來去去。他們穿過我們旁邊，往電影院的方向走去。他們手中的膠捲罐是有兩手環抱大小的銀色圓盤狀罐子。

伊莎貝兒說裡面就裝著走馬燈的膠捲。

「地上只要有人陷入垂死狀態，走馬燈就會被取出來，送往電影院。」

「這裡面有所有的人的走馬燈嗎？」

我仰望圓形建築物問。

「是的。全人類的走馬燈都保管在這裡。」

伊莎貝兒找到管理保管庫的天使，說明狀況。我從入口探頭看建築物裡面。裡面密密麻麻地排滿了木架子，堆積著銀色膠捲罐。奇妙的是，內部比建築物的外觀還要大，通道深處變得模糊，無法看清。也許實際的距離和物理法則這些，在這裡沒有意義。

之前和伊莎貝兒交談的天使離開，然後又回來了。兩人都一臉凝重。

「愛菜，剛才妳在電影院看到的，是和妳同名同姓的別人的走馬燈。應該是搬運膠捲罐的天使弄錯，從這裡送過去了吧。可是這樣的話，妳的走馬燈應該還在這裡，對吧？」

「的確應該是這樣。」

「可是卻找不到。我想應該就是因為這樣，才會拿到同名同姓的別人的走馬燈。」

怎麼會呢？是誰搞丟了，還是偷走了嗎？

「不能查到我的走馬燈從這裡消失的時期嗎？」

管理保管庫的天使點點頭，不知道去哪裡了。

「有留下監視器影像之類的嗎？」

「應該是去問剪輯部門的天使了。」

「剪輯部門？」

「收取回收的素材，用膠帶貼起來的天使。」

「素材……？」

「這裡指的是從人類身上回收的記憶片段。妳可以想像成許多段膠捲。走馬燈就是把素材黏貼成一整段影片。」

保管在這裡的走馬燈的主人都還活著，一直到他們死前，走馬燈的影片會一點一滴愈來愈長。影片的增添，似乎每天都在進行。伊莎貝兒說，只要詢問負責我的走馬燈的剪輯人員，應該就能查出膠捲罐不見的時期。

片刻之後，管理保管庫的天使回來了。

「我查了一下紀錄，沒有天使剪輯過妳的走馬燈。一次都沒有收到素材的紀錄。也就是說，不是遺失，似乎是從一開始就沒有。」

我和伊莎貝兒對望。我的走馬燈不是不見了，而是根本就沒有？

「去問問回收素材的天使吧。」

伊莎貝兒說。我們離開膠捲保管庫。

我們在隨風飄來的雲間移動。

「沒有走馬燈，這是不可能的事嗎？」

「天使為每個人製作了走馬燈影片，這是我們天使的工作。」

「好像有負責各種事務的天使呢。」

「我們分配職責，為天主工作。」

「剛才妳說的回收素材的天使是……？」

「他們在地上從人們身上回收記憶的片段，帶回天界。他們會陪伴著特定的人類，從那個人誕生到死亡，都照看著他。」

「從出生就一直陪在身邊嗎？」

「幾乎所有的人類都不會發現，但每個人都有一個天使陪伴。直覺敏銳的人好像能感覺到天使的存在，相信自己有守護天使。」

「我也有嗎？」

「我們找到那名天使，問出為什麼妳的素材沒有被回收吧。沒有進行影片剪輯，或許是因為回收的天使怠忽職守。」

伊莎貝兒邊走邊交抱起手臂說。

「不工作的天使會挨罵嗎？」

「會因為觸犯怠惰的罪行，被神之火焚燬。」

「……好嚴格喔。」

天使們在百花盛開的湖畔休息。有人演奏音樂，也有人引吭高歌。那景象就宛如美術館中的名畫。天使們的歌聲不知為何勾起了宛如鄉愁的感情，幾乎令人痛徹心腑。我很想停下來好好欣賞，但一想到救生艇上的孩子們，實在沒有時間停下腳步。

回收素材的建築物，外觀讓人聯想到教堂。穿過正門入口，是一片大理石的空間。穿透彩繪玻璃的光，將牆壁和地板染成紅色、藍色和綠色。天花板是由拱頂組合而成，是所謂的「蝙蝠天花板」。拱頂的前端直接變成柱子，無數地並排延伸。奇妙的是，柱子與柱子之間，設置了像懺悔室的木製箱子。為什麼會需要這麼多懺悔室？

許多脖子上掛著皮袋的天使們來來往往。每個人手中都拿著銀色剪刀，不知道是做什麼用的。他們就是負責回收素材的天使嗎？他們不停地進出懺悔室。

「大家看起來都好忙，找不到願意聽我們說話的回收人員。」

「有沒有留下紀錄呢？在人類社會裡，都會把名單那些保存在電腦裡面，天界也是這麼做嗎？」

「我查一下清冊。」

伊莎貝兒走向牆邊的書架。書架上的清冊，似乎記錄著全部的人類，每一個人的名字以及負責的天使。當地上誕生一個人類的靈魂瞬間，清冊上就會增加一個名字。天使們會查閱這些資料，來掌握自己要陪伴的是哪個人類。

「我也來幫忙。」

「清冊是用只有天使才看得懂的文字記錄的。沒問題，十分鐘就可以查出來了。」

我靠在其中一間懺悔室，等待伊莎貝兒查個水落石出。彩繪玻璃的光照射在書架前翻閱清冊的伊莎貝兒的側臉上。我注視著她的鼻梁曲線和花瓣般的嘴唇，覺得這瀕死體驗真是古怪極了。

據說人即將死去時，會經過宛如隧道的地方，或是看見光，或是聽見「嗡……」的刺耳聲響。這些稱為瀕死體驗，走馬燈體驗也是其中一種。每個人看見的瀕死體驗似乎形形色色，但是像這樣與天使交流的例子應該很罕見。

這時，我的手肘撞到了像懺悔室的木箱子門上的桿子了。門突然打開，我倒進裡面，一屁股跌坐在地。門在眼前關上，我被關了起來。但光線從小窗裡射進來，所以幸好並非一片漆黑。

「伊莎貝兒！」

我才剛呼救，木箱子便「喀噠喀噠」地動了起來。身體輕飄飄地浮起。好像正在往下墜。我發現這不是什麼懺悔室，而是電梯。

從小窗往外看，電梯正從雲間筆直降落。落下難以想像的高度。我整個嚇破膽了，雖然我已經死了。

我尖叫了大概二十秒後，下墜的速度減慢，電梯停下來了。好像抵達某處了。箱門打開，我懷疑眼前看到的是幻覺。

眼前是氛圍熟悉的髒亂市街。速食店的招牌、自動販賣機、公共電話亭。黏在路面的口香糖和空罐。但也有不同之處，所有的人都像人形模特兒一樣，一動不動。談天的情侶、慢跑中的青年、正要下計程車的男人，所有的人都僵在原地。

仔細一看，有許多手持剪刀的天使走來走去。他們靠近人類，從人類的胸口抓住東西拉出來。是電影膠捲。電影膠捲穿過皮膚和衣服，從體內被拉了出來。天使們用手中的剪刀，將膠捲的一部分「喀嚓」剪下來。一小撮膠捲片段留在天使手中，天使將它謹慎地收進皮袋裡。接著天使取出膠帶，將連在人類胸口的膠捲貼在一起，修補剪下來的部分。貼回原狀的膠捲「咻嚕嚕」回到體內。

「就是像那樣回收記憶的片段。」

不知不覺間，伊莎貝兒站在我的後方。她好像搭乘別臺電梯追上來了。

「把那些片段連接起來，就會變成走馬燈影片嗎？」

「對。皮袋裝滿了，天使就會回到天界，將素材交給負責剪輯的天使。負責剪輯的天使會將那些素材各別添加到走馬燈保管庫各別的膠捲上。」

「請問，這裡是……」

我張望周圍。

「這裡是地上。是妳以前居住的世界。因為時間流速的關係，看起來幾乎是靜止的對吧？但實際上是非常緩慢地在活動。」

「現在這瞬間，遙遠的海上，遊輪也正在下沉嗎？」

「是的。妳變得冰冷的肉體應該也在海裡漂浮著。啊，小心，愛菜。妳差點撞到路人。」

我太靠近遛狗的女人了。

「因為掛在脖子上的牌子，妳現在就像是天界的居民。但雖然是天界的居民，若是被人類發現，還是會被發現的。過去也有許多天使被人類抓住。」

「我聽說也有天使愛上人類，主動現身，和人類一起生活。」

「妳怎麼知道？」

「我看過那樣的戀愛老電影。」

伊莎貝兒說，那種天使似乎被稱為「墮人」。墮人雖然得到在陽世生活的肉體，卻也受到壽命和死亡的束縛。我覺得選擇了心愛的人，而不是永恆的生命，實在太美好了，但伊莎貝兒似乎不這麼想。

「這等於是放棄職務。天主啊，請懲罰想要和異性得到幸福的他們。」

伊莎貝兒說，開始向上帝祈禱。我總覺得其中有某些私人恩怨，但不敢詳加追問。還是改變話題好了。

「天使用膠帶把剪掉的地方貼起來，這樣不會造成日常生活的問題嗎？」

稍遠處，又有別的天使在回收膠捲片段。從體內拉出來的膠捲，應該是那個人的記憶的象徵吧。這些只是形而上的現象，以我容易理解的形象呈現出來而已。如果這是電影發明以前的時代，或許看起來又是另一種樣子吧。

「膠帶貼得太隨便的話，好像會讓那個人覺得記憶出現齟齬。比方說會覺得眼前的情景是已經看過的情景。」

「我們把這種情形稱為既視感！」

沒想到既視感的原因，是因為天使們在採集記憶。然後我忽然想到了。其實我從來沒有經驗過既視感。做為知識，我知道這種現象，卻從來沒有遭遇過。我有了不好的預感。這是不是意味著，從來沒有天使從我的身上回收素材……？

搭電梯回到天界以後，我請伊莎貝兒繼續調查清冊。查完之後，她闔上清冊搖了搖頭：

「找不到。上面沒有妳的名字。應該陪伴妳的人生、回收素材的天使，也不知道是誰。這下頭痛了。」

「清冊沒有名字，是常有的事嗎？」

「不，當人類的靈魂誕生在地上，應該就會自動登載上去。父母命名以前，是顯示用來辨識靈魂的文字列，命名之後，就會自動變換成那個人的名字。」

「伊莎貝兒，妳可以從我的身體拉出膠捲看看嗎？我想請妳看看有沒有回收素材的痕跡，也就是用膠帶貼補膠捲的部位。」

「好的，試試看吧。」

伊莎貝兒點點頭，來到我的正面。

「會不會痛？」

「請放心。」

伊莎貝兒伸出右手，按在我的胸膛上。就像伸進水中一樣，她的纖纖玉指沉入心臟的位置不見了。手指在我的胸中摸索，又抽了出來，手中捏著又細又長的電影膠捲。雖然不痛，但是看見膠捲從自己的體內被拉出來，實在不是很舒服。

「我隨機檢查幾個地方。」

在她的手中，膠捲高速滑動。膠捲從我的體內滑出，經過她的手指，又捲回體內。不久後她嘆了口氣，放開膠捲。

「沒有任何膠帶修補的痕跡。或許從來沒有天使陪伴過妳。因為清冊上沒有妳的名字，或許天使們無法察覺到妳這個人，而沒有進行素材的回收。」

膠捲發出咻嚕嚕的聲音，回到我的胸口內。我按住胸口確認，皮膚沒有開洞，身體也沒有異常。伊莎貝兒一臉凝重地交抱手臂說：

「愛菜，我必須暫時把妳拘留起來。妳有可能不是人類。」

3

天界郊外荒涼的地點有一座岩山，上面有一座氛圍莊嚴的灰色建築物。外觀就像拿掉裝飾性的城塞，聽說那裡其實是以神之火焚燒惡魔使者的地點。我會被帶去那裡，是因為那裡有設備可以確認我的真實身分。因為有拘留用的監獄，所以也剛好。

伊莎貝兒說要把我拘留起來的時候，我嚇了一大跳，但是我並沒有被上銬，或是用繩索綁起來。伊莎貝兒以一如先前的語氣，把我領到灰色的機構。我大概也可以拔腿逃亡，但我沒有這麼做。我害怕被天使們追殺，而且就算這麼做，也不可能救助救生艇上的孩子們。伊莎貝兒說，我好像有可能不是人類。我之所以沒有走馬燈，就是這個緣故。那麼我到底是什麼？

灰色建築物的周圍寸草不生，相當殺風景。在伊莎貝兒帶領下，我們前往入口，看見天使們搬來巨大的牢籠。牢籠裡裝著和人類尺寸相當的黑色生命體。

「那就是惡魔的使者。前些日子又抓到一隻混進來的，應該是要送去燒吧。」

那個生命體面露下流的笑容，不斷地對周圍的天使口出穢言，內容不堪入耳。他唾罵著全世界所有的污言穢語，以及人種歧視、身分歧視、性別歧視、身障歧視的內容。如果認真去聽，感覺會難過到去自殺。

「經常有那種東西混進來嗎？」

「現在雖然一眼就可以看出是惡魔使者的外貌，但發現的時候，他是天使的模樣，正在引誘其他的天使。有時候也會變成回收素材的天使的剪刀，混進人類社會。也會假冒成將死的人類，在電影院排隊。」

「伊莎貝兒，妳懷疑我可能是惡魔的使者嗎？」

「只是預防萬一。」

「我可以保證我不是什麼惡魔的使者，妳可以再更仔細地調查我的記憶膠捲嗎？」

「那些記憶也有可能全是捏造出來的。如果是惡魔的使者，為了設計我們，甚至能夠將人類的記憶整個複製到自己的體內。」

推車上的牢籠被送入建築物深處。伊莎貝兒跟了上去，所以我也跟著一起去。灰色的建築物裡一片冰涼，彌漫著緊張的氣息。建築物中央有一座大廳，我被它的莊嚴給壓倒了。與缺乏裝飾性的外觀截然相反，豪華絢爛的樣式，彷彿宮殿的謁見廳，甚至讓人納悶怎麼沒看到王座。牆壁和天花板連細節都布滿了花紋雕刻，各處鑲嵌著金銀裝飾。

天使們將籠子推到大廳正中央後，排成了圓陣，遠遠地看著惡魔使者。黑色的生命體一路上不停地做出歧視發言，暴露出醜惡的內在，但這時似乎感受到某種威脅，噤若寒蟬了。

「好了，要開始了。」

伊莎貝兒說。不知何處傳來讚美歌，天花板射下白色的光。棉絮般的純白羽毛憑空出現，緩緩地從天而降。牢籠裡的黑色生命體突然害怕起來，發出求饒般的聲音，但下一秒鐘，他在甚至看不見火焰的一瞬之間，化成了灰燼。

讚美歌消失，天使們開始收拾空掉的牢籠。

「這就是以神之火焚燬的作業。一眨眼就結束了對吧？走吧，愛菜。或許下一個就輪到妳了，但一定沒問題的。」

伊莎貝兒看著我，呵呵輕笑。我想抗議什麼叫沒問題，卻不安到說不出話來。她那話的意思是，我會被進行燒燬處理，靈魂消滅嗎？我才剛落海飽嘗死亡的恐懼，接踵而來的卻是這樣的荒謬下場嗎？

原本是黑色生命體的灰燼從籠子縫隙間掉出來，散落在地上。天使們在掃灰。我被伊莎貝兒帶離了大廳。

經過殺風景的通道，進入建築物角落的小房間。伊莎貝兒對那裡的天使說明狀況，天使便從房間深處搬出像古董銀板攝影機的東西來。我聽從吩咐，站到牆邊，被那臺攝影機拍攝全身像。這似乎就是確定我的真面目的方法。

「顯像需要一點時間，在那之前，妳在這裡等吧。」

伊莎貝兒帶我走下石階梯。地下是成排的牢房，充滿了惡臭，感覺在這裡待久了，連身體都會腐爛。我被關進其中一間牢房，門口被鎖上了。我隔著鐵格子和伊莎貝兒對話：

「剛才的照片是什麼？」

「是用來觀看妳發出的靈氣的工具。」

「靈氣？」

「如果妳是惡魔的使者，照片上的妳的身邊，就會拍到像黑色霧氣的東西。」

「那如果是人的話呢？」

「輪廓的部分會有一點紅線和藍線。不過即使不是人，所有的物質都會發出這樣的靈氣。生前妳是不是也看過紅色和藍色的輪廓線？那並不是因為人類的眼睛和大腦的色像差修正機能偶爾故障，所以才會看到。」

「如果我是惡魔的使者，我會被燒掉對嗎？就算是這樣，妳能不能一樣幫我救助救生艇上的孩子們？」

「如果妳是惡魔的使者，救生艇上的孩子們的身分也很可疑了。」

「妳不是在電影院的大廳確認過了嗎？妳打電話聯絡某處，請他們調查人界的狀況。救生艇的孩子們是真有其人。」

「可是，也有可能那些孩子是妳的手下，一切都是演戲，這下傷腦筋了……」

伊莎貝兒交抱起手臂。其他牢房似乎是空的，這附近就只有我和伊莎貝兒。如果關著惡魔的使者，一定會像剛才那樣滿口髒話，馬上就會察覺他們的存在吧。

「說起來，惡魔會對天使做什麼壞事呢？」

「他們想要弄髒走馬燈的膠捲。走馬燈播映之後，必須加以剪輯，獻給天主才行。」

「獻給天主？天主是指上帝嗎？」

「是的。人類的靈魂啟程前往死者的國度後，留下來的走馬燈膠捲，會和其他人的膠捲剪輯在一起，變成一個連續的漫長故事。」

「其他人的膠捲？」

「也就是所有的人類的走馬燈影片。是至今為止出生又死去的所有人類的記憶。直到最後一個人類死去前，我們的工作都沒有結束的一天，必須將人類這個物種漫長的故事剪輯成一整部，獻給天主。天主創造人類，就是為了這個目的。」

「我們人類是為了製作給上帝觀看的長得要命的電影而存在的嗎？」

「就是這樣，我們天使或許就像是在攝影室上班的工作人員。」

太難以想像了。如果把過去存在的所有人類的走馬燈膠捲剪輯成一整部，上映時間會有多長？一盤膠捲的直徑是不是會有行星那麼大？上帝為什麼想要這種東西？難道是用來打發時間的娛樂之類嗎？

我坐在牢房冰冷的地板上，等待靈氣判定照片沖洗出來。伊莎貝兒在鐵格子外交抱著手臂，靜靜地站著。感覺不像在監視我，而像是在那裡陪我說話。

我很擔心救生艇上的孩子們。伊莎貝兒說這個世界的一小時，約是地上一秒。

我和伊莎貝兒一起行動以後，體感上過了約一個小時半，所以地上過了一秒半嗎？很快地，孩子們就要陷入恐慌，救生艇因此劇烈搖晃，好幾個人被甩入海中。不，或許他們已經被拋進海裡了。

我抱著膝蓋，都快哭出來了。我想起出發去郵輪的時候，同隊的孩子們的父母在港口碼頭向我們揮手送別。他們不知道郵輪將會沉沒，笑著送別自己的孩子們。我對孩子們的父母感到愧疚極了。我沒有保護好大家，害他們就快死掉了。孩子們會陷入恐慌，也是因為我失足滑落海裡造成的。那麼，豈不是等於是我殺死他們的嗎？

「愛菜，妳怎麼會在船上？」

伊莎貝兒問。

「我參加了兒童學校的旅行。」

「兒童學校？那是怎樣的地方？」

「假日的時候召集小孩子們，進行各種娛樂活動的地方。是消遣時間的地方。大家會一起玩桌遊、投接球，或是生火堆。義工的大人們會看著我們。」

是母親建議我參加兒童學校的。學校其他同學都熱中於各種運動，卻只有我一個人成天關在房間裡看書，讓她很擔心吧。父親也贊成這個提議。父親和母親會為了我死掉而傷心嗎？一想起他們，我感到心痛極了。

到底會在這裡浪費多少時間？我不安起來。牢房裡傳來哼歌的旋律。不是伊莎貝兒。是我為了轉移注意力，無意識地哼起歌來。伊莎貝兒放開交抱的手，來到鐵格子旁。她表情有些驚訝地看著我。

「那首歌是……？」

「我媽媽經常唱給我聽的搖籃曲，她說是她的媽媽教她的歌。」

「我聽過這首歌。」

「是在地上聽到的嗎？」

「不，很像天使們經常在湖畔唱的歌曲旋律。」

這麼說來，剛才天使們在湖畔唱歌。之所以會勾起我的鄉愁，或許是因為很像母親唱的搖籃曲。

「愛菜，難道妳是……」

這時，腳步聲靠近了。剛才替我拍攝判別靈氣的照片的天使從牢房並排的通道走過來。天使瞄了我一眼，露出微笑，接著將手中的長方形板子拿給伊莎貝兒看。上面貼著我的照片。

「啊，果然……」

伊莎貝兒把照片轉向我。上面拍著表情緊張地站在那裡的我的全身。她之前說，如果是惡魔的使者，應該會拍到黑色的霧氣，但我看不到那樣的東西。相反地，我的身體輪廓有白色的光幽幽升起。

「這是……？」

這證明了我不是惡魔的使者嗎？

但人類的話，不是會有紅色和藍色的線嗎？

「這上面有白色的靈氣，這到底是……」

伊莎貝兒取出鑰匙，為我打開牢房的門。我似乎獲得釋放了。伊莎貝兒抓起我的手，緊緊地握住。

「喏，妳看。從妳背上升起的白色靈氣，就好像生了翅膀一樣，對吧？如果拍到天使，就會像這樣，拍到宛如白色翅膀的霧氣。」

我一時無法理解這話的意思。伊莎貝兒滿不在乎，繼續說下去：

「應該是妳幾代以前的祖先，是墮落人間的天使吧。天使的血透過隔代遺傳，強烈地顯現在妳身上了。既然不是人類的靈魂，自然也不會被登錄在清冊上。因此我們天使也都沒有發現妳的存在。在妳的人生結束的瞬間，才總算像這樣發現妳。妳是和我們相同的種族，是誕生在人類社會的天使。」

4

我們回到了電影院。接到報告的七名大天使似乎要討論如何處置我，我必須等到他們討論出結果。附帶一提，大天使似乎存在於比天界更高一層的地方，沒辦法看到他們，但他們會透過電影院大廳的電話通知會議結果。我在那臺古色古香的電話前走來走去，焦急不已。要是花上太久的時間，我很擔心救生艇的孩子們的安危。

「決定如何處置妳後，我的工作也結束了。必須去救那些孩子才行。趁現在先做好準備吧。」

伊莎貝兒向我提議。原本天使好像不會干涉陽世的人類命運，但似乎也並未禁止干涉。不過天使並非物理存在，因此除非墮為人類，得到肉體，否則無法直接為人類做什麼。既然這樣的話，要怎麼拯救救生艇的孩子們呢？伊莎貝兒似乎有計畫。

「愛菜，來，妳站在這面鏡子前⋯⋯」

伊莎貝兒要我站在部分變成鏡面的牆壁前面。我聽從她的指示，進行救援作戰所需的準備。

電影院大廳還是一樣，大排長龍。排著將死的人，以及陪伴他們的天使。每個人都沉默不語，因此連衣物摩擦的聲音都聽得一清二楚。隊伍後方延伸至正面玄關外。戶外陰暗，可以看見夜空上閃爍的五顏六色的星星。山丘上的車站似乎剛好有火車抵達。又從地上載來了眾多的將死之人吧。裡面也有小嬰兒。不同於其他人是自己一個人走出火車，嬰兒是被天使抱在懷裡。幼兒似乎會特別由天使帶來。

「有小嬰兒呢。」

「他們是還沒有回收到足以製作走馬燈的素材就死掉的人。對這樣的孩子，天使都會準備特別的影片。」

「特別的影片？」

「借用孩子的父親或母親的走馬燈。在排隊進電影院之前，負責剪輯膠捲的天使們會火速剪輯出來。完成的走馬燈裡，有那孩子的父親和母親，可以看到他們如何相識、孩子如何出世。幼兒的靈魂會在天使的懷抱裡，看著父母的影片，安心地入睡。」

又有一場放映結束，到了交換膠捲的時間。隊伍前頭的一對死者和天使進入電影院，隊伍前進了一點點。播映結束後，走出大廳的不知為何只有天使。

大廳的電話響了。伊莎貝兒拿起話筒接聽，應道：

「是的，我明白了。我會轉達給她。」

大天使的會議好像結束了。電話是來通知結果的。伊莎貝兒講完電話後，重新轉向我：

「大天使說，愛菜，妳現在有兩個選擇。第一個是和其他人一樣，前往死者的國度，第二個則是在天界，和天主簽下雇用契約。」

和天主簽雇用契約？看到靈氣鑑定照片的結果，大天使們似乎認定我有這樣的資格。伊莎貝兒說，我的祖先有墮為人類的天使，但我不是很清楚。我看過愛上人類，獲得肉體，和心愛的人一同老死的天使的電影，難道那是以我的祖先做為模特兒嗎？我想了一下，做出了決定。

離開電影院，前往地上。首先我和伊莎貝兒趕往負責回收素材的建築物。穿過貼在地面飄動的雲朵，筆直前進。衝進讓人聯想到莊嚴教會的建築物，跳進懺悔室般的木製電梯。伴隨著落下，浮遊感包圍全身，望向採光小窗，只見雲層高速由下往上流去。

目的地是大海，將沉的郵輪甲板。我解決了關於走馬燈膠捲的問題，得以前往救助孩子們。伊莎貝兒帶著銀色的剪刀和皮袋。這是她提議的救援計畫所需要的物品。

「愛菜，妳確定要這麼做嗎？」

伊莎貝兒在電梯箱裡問道。

「我聽說死者之國是安息之地。比起成天忙著天使的工作，那裡或許更要輕鬆多了。」

「我得先學會工作內容才行。伊莎貝兒，往後請多指教。」

「這裡也沒什麼娛樂。妳經驗過人間的生活，真的有辦法忍受這裡嗎？」

「可是如果從事天使的工作，或許還能再見到我的爸媽。」

可以在車站迎接生我養我的父母。我要為了自己先走一步，向他們道歉。然後告訴他們，我愛他們。光是有這樣的機會，就有簽約的價值。

「而且，或許也可以再見到學校裡的朋友，全世界的名人或許也有一天會去那間電影院。」

伊莎貝兒交抱起手臂，傻眼地看著我。不久後，電梯落下的速度轉慢，完全停下來了。門一打開，只見電梯箱懸在傾斜的甲板數十公分上方。我和伊莎貝兒跳下船，趕往救生艇。

對於依天界的時間行動的我來說，地上的時間流速實在是太緩慢了，因此看起來幾乎是停止的。可以一清二楚地觀察到浪濤的點點水花。正在下沉的輪船激起的每一顆濃密的泡沫也被封閉在時間當中，沒有破裂。有個乘客正在傾斜的甲板上滑跤跌倒。那個人的旁邊也有天使。每一名乘客和船員身邊，都陪伴著手持銀色剪刀和皮袋、正在回收素材的天使。他們只是靜觀其變。

由於船首沉入海中，甲板朝著有螺旋槳的船尾呈上坡傾斜。我們在左舷的途中看到人群。短短的吊車伸向海面，救生艇以數條纜繩吊在半空中。是我看過的景色。一定是我讓孩子們上船的救生艇。周圍擠滿了正在操作的船員，以及後續要乘上救生艇的乘客。每個人的表情都充滿了悲壯感。

「短短幾秒前，他們才剛目擊了一個女孩摔進海裡。就是妳，愛菜。」

靠在甲板旁邊的救生艇水洩不通地坐滿了人。我在其中看到孩子們。是在兒童學校裡把我當成姊姊尊敬的孩子們。我想起我們一起玩桌遊，在慶生會為彼此慶祝。孩子們就像要推開其他人，從船舷探身俯視海面。大部分的孩子都在哭。也有人朝著二十公尺下方的海面伸手。即使明知道搆不著，還是忍不住要朝溺水的我伸手吧。

這裡是我落海的地點的正上方。已死的我的肉體在水中。雖然也想要確認看看，但現在我有其他應該要做的事。目擊我落海，孩子們陷入恐懼和混亂，隨時都會爆發。

救生艇周圍飄浮著幾名天使。是陪伴小艇上的人、回收人生影片素材的天使吧。他們身上薄薄的衣物飄揚著，以直立的狀態在空中移動。

「愛菜，妳還不能在天上飛，妳待在這裡。接下來由我來。」

「拜託妳了，請救救那些孩子。」

伊莎貝兒把我留在甲板上，翻越扶手。她的身體沒有落海，而是如同行走在空無一物的地板般，靠近吊在半空中的救生艇。浮在周圍的天使們叫住伊莎貝兒，問她要做什麼。伊莎貝兒一面解釋，一面把手伸向即將陷入恐慌的孩子之一。

伊莎貝兒的指頭鑽進孩子的胸口，拉出了膠捲。她操作銀色的剪刀，剪斷了連接胸口的膠捲。接著她把手伸進皮袋裡，取出預先準備好的一段膠捲，插入剪下的部分。以膠帶修補成完整的一條後，膠捲被吸入孩子的胸膛消失了。這樣第一個孩子就處理好了。但還有五個孩子，必須對每個孩子進行相同的作業才行。

飄浮在周圍的天使們看著伊莎貝兒的行動，問她需要幫忙嗎？伊莎貝兒道謝，將準備好的一段段膠捲分配給其他的天使。天使們確定膠捲的片段內容，望向在甲板守望的我。

「這是妳的記憶呢。」

一名天使說。我點頭同意。沒錯，那是我自身的記憶，是伊莎貝兒從我的胸膛拉出來回收的素材。上面記錄了我對著電影院大廳鏡子說話的身影。

「大家，冷靜下來。我掉進海裡了，可是你們不用擔心。先做個深呼吸，冷靜一下腦袋。只要乖乖地待在救生艇上不動，很快就能得救了。」

我如此呼籲。避免愁眉苦臉，叫自己擺出笑容，告訴孩子們不需要過度傷心。

「我說過，搭乘公共交通工具的時候，不可以給周圍的人造成麻煩，大家還記得嗎？救生艇也是公共交通工具，對吧？要乖乖坐好，不可以站起來，也絕對不可以搖晃。要乖乖坐好喔！」

伊莎貝兒說，這些記憶嵌入孩子們的胸膛時，會感覺就像我在他們的心中呼喚。雖然不能保證這樣就能完全避免陷入恐慌，但應該可望帶來一些鎮定的效果。

若說這個計畫有什麼問題，那就是必須在寂靜肅穆的電影院大廳裡，對著鏡子大聲說話。周圍鴉雀無聲，因此我的聲音格外響亮，讓我覺得有點丟臉。我感覺到天使們正以奇異的眼神看著我。

在周圍的天使協助之下，我的膠捲片段嵌入每一個孩子的胸中了。這樣大家就會平靜下來了嗎？為了守望經過，我和伊莎貝兒留了下來。

等了體感超過一小時以上的時間，終於出現了變化。伊莎貝兒最先插入膠捲素材的小孩，有些驚訝似地開始睜大眼睛。眼睛深處出現光芒，原本僵硬的表情漸漸地放鬆下來。本來就要陷入恐慌的其他孩子們也出現了相同的變化。

「看來很順利。」

伊莎貝兒飄浮在空中，逐一觀察救生艇上的孩子們，降落到我身邊。看來避免了最糟糕的未來。

「可是我還是很擔心，能不能一直看到大家順利被救上岸？」

「不可以，我會沒有休息時間。我還有下一份工作的預定。」

要見證事情結束，必須在這裡待上體感數千小時的時間。不，也許要更久。伊莎貝兒說沒辦法耗上這麼久，所以我們回去天界了。

向幫忙的天使們道謝，回到傾斜的甲板。乘上木製電梯後，我還顧將沉的郵輪，以及我所愛的世界。

沉入海中的我的肉體，會有被找到的一天嗎？會變成魚蝦的食物，逐漸回歸成世界的一部分嗎？活下來的孩子們，會把我的最後告訴我的父母嗎？

伊莎貝兒操作桿子，電梯門關上，開始朝天界上升。載著我們的木箱子不斷地升高，衝進雲間。

我們天使能夠不吃不睡，持續活動，是因為擺脫了肉體束縛的緣故吧。據說天界一切的景象，都是依據我過去的經驗所構成的形象，好讓我容易認識。比方說，將死之人是用火車載來的，這個景象或許是來自於我生前讀過的知名小說的一幕。為了讓我自己更容易理解，將死之人造訪這種無形的現象，透過我腦中已有的印象來補足。即使如此，這個地方還是很美。滑行草地飄流而過的雲朵。在雲朵間嬉戲，色彩如寶石的鳥兒。湖邊盛開的百花。工作空檔間，天使們演奏的音樂、歌聲，以及朗讀的詩句。

天使們分擔著各種工作，聽說每隔千年就會輪替崗位。或許總有一天，我也會在地上陪伴某人的人生，回收走馬燈的片段。如果膠捲修補技術不佳，好像就會讓人類有似曾相識感，所以我得趁現在好好練習一下才行。

我的第一份工作和伊莎貝兒一樣，是接待人員。拿到資料，在電影院或車站附近等待那個人抵達。我負責的死者是十歲的少女。她眼神陰暗地看著腳下，呆站在走出車站的地方。我和少女一起排隊，走進電影院的大廳。照明的燈罩是蜂蜜黃，把少女的臉頰也染成了淡淡的黃。

輪到少女，我們進入影廳。我在少女旁邊坐下來，隨著投影機轉動的聲音，走馬燈開始播映了。我們的頭頂伸出一道光帶，影像在銀幕上浮現。天使陪伴著那孩子的人生，回收而來的一段段回憶連成了一串。她的人生非常幸福。受到父母寵愛，生日的時候爸媽買了禮物給她。她和朋友一起歌唱，開心地玩耍。

銀幕上反彈的光，讓我看見坐在旁邊的少女的臉。但據說那模樣是形而上的，實際上那孩子本身正在生死曖昧的肉體中看著走馬燈。

螢幕倒映出煙火。是少女居住的小鎮的祭典記憶。五光十色的燦光，讓我回想起慶典。接著少女罹患了某種疾病，身體逐漸被侵蝕。走馬燈的最後，多半是病房的景象。哭泣的母親和父親，彼此鼓勵的身影。

上映終於結束，投影機的光也消失，影廳完全暗了下來，漆黑到連自己的手都看不見。少女害怕地肩膀顫抖，我感受到她的反應。她的靈魂似乎來到這裡了。我扶住那女孩的肩膀：

「沒事的，什麼都不用擔心。」

我細語呢喃，女孩放下心似地，緊張從身體消失了。隨著呼氣，有種鬆弛開來的氣息。我的手感覺得到。那孩子的肩膀的觸感倏地消失了。影廳的燈亮起，周圍變得明亮的時候，少女已經消失了。是啟程前往死者的國度了吧。我站起來，走出被蜂蜜色幽光照亮的大廳。

後來，我陪伴過許多將死之人。有一次，我看到出兵參戰的青年的走馬燈。我注視著他在父母的關愛中成長，然後父母死於轟炸，他萌生出絕望與憎恨的整段人生。他志願從軍，在走馬燈的最後，被數發子彈貫穿身體。影廳暗了下來，終於要出發前往死者之國的瞬間，他鬆了一口氣，就好像終於從痛苦中解放了。

我看著為一名女子奉獻一生的老人的走馬燈。他的人生充滿了愛情，在人生最後一天，在許多的孫輩圍繞下離世。也有為了保護孩子而被車撞死的父親。他原本過著孤獨的生活，但有了孩子以後，體會到真正的愛情。最後一瞬間，他懷抱著保護了孩子的驕傲離世。也有一出生就殘缺的孩子。也有對抗著歧視與偏見的女子。有無法向心上人傾吐愛意的青年，也有經歷過許多戀情的女孩。

千百種人生，每一段都充滿了祝福，洋溢著悲哀。每一段影片都像燦星般光輝，令我感動不已。

每當走馬燈結束，我總是會潸然落淚。然後在黑暗中依偎著將死之人，慰勞地對他們說：

晚安，孩子們。

晚安，人類。

晚安，願你安息。

謎人俱樂部

歡迎加入**謎人俱樂部**！為了感謝您對皇冠出版的推理、驚悚小說的支持，我們特別規劃推出讀者回饋活動，您只要按照規定數量蒐集每本書書封後摺口上的印花（影印無效），貼在書內所附的專用兌換回函卡上，並詳填個人資料後寄回，便可免費兌換謎人俱樂部的專屬贈品！詳細辦法請參見【謎人俱樂部】活動官網。

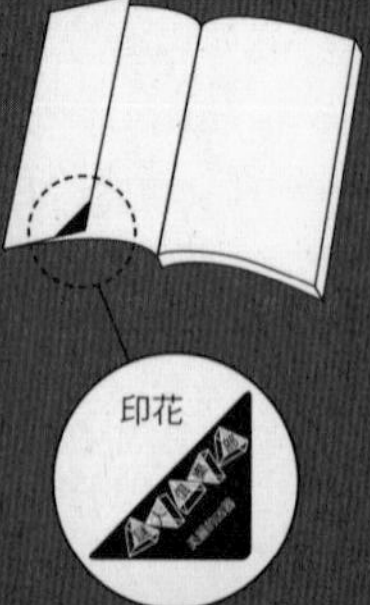

☐集滿4個印花贈品（二款任選其一）：

A：【推理謎】LOGO皮質燙銀典藏書套一個
（黑色，25開本適用，限量1000個）

B：【推理謎】吉祥物『獨角獸』圖案皮質燙金典藏書套一個
（咖啡色，25開本適用，限量1000個）

☐集滿8個印花贈品（二款任選其一）：

C：【推理謎】LOGO皮質燙金證件名片夾一個
（紅色，11.5cm x 8.6cm，限量500個）

D：【推理謎】吉祥物『獨角獸』圖案環保購物袋一個
（米色，不織布材質，41.5cm x 38.6cm，限量1000個）

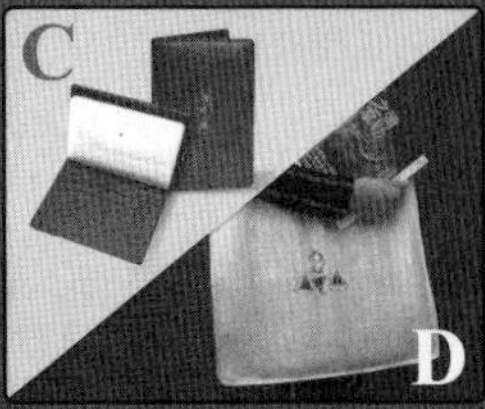

☐集滿12個印花贈品（二款任選其一）：

E：【推理謎】LOGO不鏽鋼繩鑰匙圈一個
（限量500個）

F：【推理謎】吉祥物『獨角獸』圖案馬克杯一個
（白色，320cc容量，限量500個）

謎人俱樂部會不定期推出最新限量贈品提供兌換，
請密切注意活動官網和粉絲專頁。

?

【注意事項】
◎本活動僅限台灣地區讀者參加。
◎贈品兌換期限自即日起至2022年12月31日止（以郵戳為憑）。
◎贈品圖片僅供參考，所有贈品應以實物為準。
◎所有贈品數量有限，送完為止。如讀者欲兌換的贈品已送完，皇冠文化集團有權直接改換其他贈品，不另徵求同意和通知。贈品存量將定期在【謎人俱樂部】活動官網上公佈，請讀者在兌換前先行查閱或直接致電：（02）27168888分機114、303讀者服務部確認。
◎皇冠文化集團保留修改或取消謎人俱樂部活動辦法的權利。辦法如有更動，將隨時在【謎人俱樂部】活動官網上公佈。

國家圖書館出版品預行編目資料

如果我的腦袋正常的話... / 山白朝子著；王華懋譯. --
初版. -- 臺北市：皇冠文化出版有限公司, 2021.11
面；　公分. --（皇冠叢書；第4982種）（乙一作品集；9）
譯自：私の頭が正常であったなら
ISBN 978-957-33-3810-9(平裝)

861.57　　110016228

皇冠叢書第4982種
乙一作品集 | 9

如果我的腦袋正常的話…

私の頭が正常であったなら

作　　者—山白朝子
譯　　者—王華懋
發 行 人—平雲
出版發行—皇冠文化出版有限公司
臺北市敦化北路120巷50號
電話◎02-27168888
郵撥帳號◎15261516號
皇冠出版社(香港)有限公司
香港銅鑼灣道180號百樂商業中心
19字樓 1903室
電話◎2529-1778　傳真◎2527-0904
總 編 輯—許婷婷
責任編輯—陳怡蓁
封面設計—木木Lin
內文設計—李偉涵
著作完成日期—2018年
初版一刷日期—2021年11月

法律顧問—王惠光律師

讀者服務傳真專線◎02-27150507
電腦編號◎533009
ISBN◎978-957-33-3810-9
Printed in Taiwan
本書定價◎新台幣350元/港幣117元

謎人俱樂部贈品兌換卡

我要選擇以下贈品（須符合印花數量）：☐A ☐B ☐C ☐D ☐E ☐F

1	2	3	4
5	6	7	8
9	10	11	12

【個人資料蒐集、利用及處理同意條款】

您所填寫的個人資料，依個人資料保護法之規定，皇冠文化集團將對您的個人資料予以保密，並採取必要之安全措施以免資料外洩。您對於您的個人資料可隨時查詢、補充、更正，並得要求將您的個人資料刪除或停止使用。

本人同意皇冠文化集團得使用以下本人之個人資料建立該集團旗下各事業單位之讀者資料庫，做為寄送出版或活動相關資訊、相關廣告，以及與本人連繫之用。本人並同意皇冠文化集團可依據本人之個人資料做成讀者統計資料，在不涉及揭露本人之個人資料下，皇冠文化集團可就該統計資料進行合法地使用以及公布。

☐同意　☐不同意

我的基本資料

姓名：＿＿＿＿＿＿＿＿

出生：＿＿＿＿年＿＿＿＿月＿＿＿＿日　性別：☐男 ☐女

職業：☐學生 ☐軍公教 ☐工 ☐商 ☐服務業

☐家管 ☐自由業 ☐其他＿＿＿＿＿＿

地址：☐☐☐☐☐＿＿＿＿＿＿＿＿

電話：（家）＿＿＿＿＿＿　（公司）＿＿＿＿＿＿

手機：＿＿＿＿＿＿＿＿

e-mail：＿＿＿＿＿＿＿＿

我對【乙一作品集】系列的建議：

寄件人：

地址：□□□□□

北區郵政管理局登
記證北台字1648號
免 貼 郵 票
〔限國內讀者使用〕

10547
台北市敦化北路120巷50號
皇冠文化出版有限公司　收